韩李英 著

金缕衣

盐邑民间传说故事集

浙江工商大学
出版社
ZHEJIANG GONGSHANG UNIVERSITY PRESS

杭州

图书在版编目（CIP）数据

金缕衣：盐邑民间传说故事集 / 韩李英著. — 杭
州：浙江工商大学出版社，2023.12
ISBN 978-7-5178-5797-6

Ⅰ.①金… Ⅱ.①韩… Ⅲ.①民间故事—作品集—海
盐县 Ⅳ.①I277.3

中国国家版本馆CIP数据核字（2023）第 226172 号

金缕衣——盐邑民间传说故事集
JINLYUYI——YANYI MINJIAN CHUANSHUO GUSHI JI
韩李英 著

责任编辑	张晶晶	
责任校对	李远东	
封面设计	尚俊文化	
责任印制	包建辉	
出版发行	浙江工商大学出版社	
	（杭州市教工路 198 号　邮政编码 310012）	
	（E-mail：zjgsupress@163.com）	
	（网址：http://www.zjgsupress.com）	
	电话：0571 - 88904980,88831806(传真)	
排　　版	尚俊文化	
印　　刷	浙江全能工艺美术印刷有限公司	
开　　本	889 mm×1194 mm　1/32	
印　　张	7.5	
字　　数	181 千	
版 印 次	2023 年 12 月第 1 版　2023 年 12 月第 1 次印刷	
书　　号	ISBN 978-7-5178-5797-6	
定　　价	68.00 元	

序一

　　《金缕衣——盐邑民间传说故事集》一书，主要由风物传说、人物传说等民间传说，以及历史故事、民间故事、新故事组成，为作者于20世纪80年代后写作的作品的精选合集，其中民间传说占比较高。从具体内容上看，韩李英很好地发挥了自己在基层一线工作的优势和特长，无论是风物传说、人物传说、地名传说、风俗传说，还是历史故事、民间故事、新故事，她都从身边的人、事、物入手，讲百姓的情，让人读来感觉亲切。

　　从语言风格上看，韩李英采录的内容大多来自民间，口语化特征明显。口语化文本一方面贴近群众的语言习惯，另一方面，也有利于故事文本的传播及在传播过程中的再创作，有利于在便捷的传播中传授知识、塑造人格，给人以休闲娱乐，进而帮助构建民间文化共同的记忆，形成普遍认可的精神内核。

　　从作品的立意上看，《金缕衣——盐邑民间传说故事集》六十四则故事，反映了当地人民的生活习惯，体现了古代劳动人民的聪明才智，寄托了人民对美好生活的向往。如《孝瓜的故事》，讲述徐父大冬天想吃甜瓜，孝子孝心感动天地神灵，在荒凉的冬天，枯藤上竟然真的结出一只甜瓜，反映了好人有好报、德者有得的思想。《八月半吃芋艿》则记录了当年戚继光军队在海盐，被倭寇围困在山上三天三夜，粮食、水源断绝，官兵靠吃山上野生植物芋艿活命，芋艿立下大功，最后，明军反败为胜的感人事迹。

《柘湖女神》《白马庙传说》《一片焦土邑山城》《马嗥城之战》四则传说，讲述了古海盐县城从柘林镇迁至当湖、邑山、马嗥城的经历，以及涉及的天灾人祸，一次"陷湖"、一次地震，还有残酷的战乱。后因马嗥城太小，海盐县城迁至其西北三百米处的武原镇。这是历史上海盐县城不断迁移的历史轨迹。

韩李英的创作道路不平坦，因为她早年下海经商，停止写作二十多年。近年复出，并取得了可喜的成绩。其作品先后被《民间文学》《山海经》《故事会》等民间文学领域的刊物采用并发表，并多次获奖，特别是在2022年"山阳杯"全国新故事大赛中获得金奖。难能可贵的是，在坚持民间故事、新故事创作的同时，韩李英还注重民间文学理论的研究：论文《干宝〈搜神记〉故事类型和母题在海盐民间的流播研究——以海盐民间故事为例》入选第二届"千年古县·干宝遗风"新时代中国民间文学学术研讨会；与人合作的论文《海盐地区端午节儿童防疫习俗简述》入选"端午与文明生活"2021嘉兴端午全国学术研讨会。

北方的风，南方的水，是为风水。中国地大物博、文化多样。吴越文化的包容性、现代文明的开放性，造就了当代人的文化习性与人文精神。但愿韩李英能成为一名优秀民间文化的发现者、记录者、传承者，继续用民间故事的形式书写海盐灿烂的千年历史文化。

希望韩李英在今后的文学创作道路上，守正创新，赓续好地方历史文脉，创作出更多具有时代特色的精品佳作。

嘉兴市民间文艺家协会主席　吕新建

2023 年 7 月

序二 泥土里长出的故事

　　我们海盐人一说起海盐的民间故事或民间文学，就会马上想到一件令我们骄傲的事，那就是中国第一部志怪小说集《搜神记》是东晋时的海盐人干宝所著。这就说明海盐人自古就有丰富的想象力，海盐有产生民间文学的肥沃土壤。但是"干宝是海盐人"受到了海宁人的质疑，海宁人认为"干宝的坟墓在海宁"，则干宝应是海宁人。《海盐县图经》人物篇记载："《五行记》载，宝为海盐人。则南渡徙居，实自莹始，宝固海盐人无疑也。"且干宝长期生活在澉浦一带，历史上有明确的记载。所以，干宝理所当然是海盐人。现在争名人的现象很普遍，更何况这么一位在中国文学史上有重要地位的人物。

　　2018年10月，中国民间文艺家协会在海盐澉浦召开了"千年古县·干宝遗风"首届中国民间文学学术研讨会，从会议的名称上就可以看出，干宝的故里已尘埃落定，因为中国民间文艺家协会是民间文学这一领域最具权威性的机构。当会议通知发出后，我们很忐忑，担心干宝故里——海盐可能没有入选的学术论文，这毕竟是国家级的学术研讨会，而海盐这么小的一个县似乎没有民间文学的研究者。但令我意外的是，海盐居然有一篇论文入选。

　　2020年11月，第二届"千年古县·干宝遗风"新时代中国民间文学学术研讨会召开，韩李英的论文《干宝〈搜神记〉故事类型和母题在海盐民间的流播研究——以海盐民间故事为例》

入选，李英还在会上做了交流演讲，这着实让我对她刮目相看。与李英进行了深聊才知道，李英从小就对民间故事有着浓厚的兴趣，她小时候处在大集体时代，跟着大人干农活时听到的故事，让她记忆深刻，她甚至有意地进行了记录整理。如本书"地名传说"篇中的《奶娘坟》《黄道庙和黄道湖》《秀才桥》等几则故事，就是她在20世纪80年代听来的。可见李英创作这本集子的历时之久、用心之深。从李英身上，我不仅看到了海盐人丰富的想象力，还看到了海盐人的韧劲！文脉相传，海盐至今仍有一批热衷民间文学的创作者，我们也可遥想东晋玄学盛行的时代里，丰衣足食的海盐，民间故事创作肯定也是盛行的。

干宝写下我国第一部志怪小说集《搜神记》，除个人的主观因素之外，肯定与环境氛围有关。一个本身没有故事的地方很难产生民间故事和传说。古海盐地域广袤、人口众多，除了原住居民外，大都是外来移民。海盐古时有鲍郎、海砂、芦沥三大盐场，盐民占了人口的大多数。而盐民来源有两类：一是"流犯"，二是"流民"。这些人来自五湖四海。再加上围绕盐场的，还有循规蹈矩的贩夫走卒、铤而走险的私盐贩子、暮雨潇潇里出没的绿林豪客、漱浦码头上熙熙攘攘的重利轻义客，天南海北、不一而足，可谓五方杂处。这样的环境自然就会产生故事、流传故事，故事也会越来越玄、越来越神，于是就成了《搜神记》的创作源头。

谈到这里有个问题需要厘清，那就是"民间故事""神话传说""志怪小说"三者的关系。我搜索了一下，找到了较为简洁的表述。民间故事是劳动人民的口头创作，它在广大人民群众中产生并流传，主要反映人民大众的生活和思想感情，表现他们的审美观念和艺术情趣。神话传说是一种超自然的故事，以神或其他超自然力量为主要背景，并经常被用来解释和描述自然现象和人类行为的起源和目的。志怪小说中的"志怪"就是记录怪异，志怪小说主要指魏晋时期盛行的一种记述神仙鬼怪的小说，也可包括汉代的同类作品。民间故事包括了部分神话故事、鬼怪故事。民间文学的概念外延最大，其诞生远早于诗歌、小说。

李英电话里嘱我写序时，讲了一句非常自谦的话："我这个集子是民间文学，请你写个序，你嫌弃吗？"我犹如婚礼现场的新郎未等司仪说完"你愿意吗"就说"我愿意！"一样，立马说"好欸！好欸！"她的言外之意是民间文学比其他的文体好像低了一个档次，但我相信她喜欢民间文学，内心并不是这样想的。现实中大众似乎就有这种想法，因为民间文学的草根性给人一种感觉，就是民间文学用字很"土"、文学性不够。其实，每一种文明的文学都起始于民间。人类初期的文明都信奉有神论，但发端于黄河流域的中华文明与其他文明不同，我们不畏惧神，战天斗地，把生存的希望寄托于自己的抗争与奋斗而不是神的眷顾。纵览所有关于太阳神的神话，其他文明的太阳神有绝对的权威，只有在中华文明的远古神话里，人敢于挑战太阳神，于是就有了夸父逐日、后羿射日的故事，面对洪水，西方人在挪亚方舟里躲避，而我们的祖先告诉后人，通过几代人的不懈努力，洪水也可以被制服，过程中既要苦干更要巧干。

总之，我们的祖先面对自然是不屈不挠的，可以输，但不能屈服，人是积极的，是人变成了神。而其他文明几乎都是神创造了人，神指示人怎么做，人只有服从。所以中华文明一开始就是积极、乐观、向上的，敢于向神说不！也正因为如此，我们的文明才得以延续，从黄河流域极小的一个区域向中华大地不断扩散，并恩泽了整个东亚！而其他的远古文明无一例外地或消亡，或断代。所以我对民间文学是很崇敬的，对坚持民间文学创作与研究的人很是佩服。

中学时读过《卖油翁》，文中"无他，唯手熟尔"一句话让我印象至深。把一件事做到极致的地步必须"手熟"，"手熟"的背后是千百次的操练。倒油与射箭没有高下之分，小说、诗歌与民间文学同样没有高下之别。但现实是，有太多的人操练了千百次，最终没有"手熟"，也就没有成为行当里的高手！究其原因，还是意志力强弱有所不同。李英或许对民间故事有一种与生俱来的喜爱，从小喜欢听故事并对故事进行再创作，但她在民间文学领域并非一帆风顺，其间可能经历了无数次的投稿与退稿，可她从未放弃，终于成为民间文学领域的高手。

这本集子分七章，共六十四则故事，创作时间跨度很大，前后长达四十多年，但叙述风格基本一致，故事都有民间文学的基本特点：口头性、群体性、传承性、变异性。在海盐，一则故事往往有多种版本，情节上有所不同，但结果往往惊人地相似。口头性导致了情节的不同，但传承性一定使得结果趋同。一个区域内人们的伦理观念、价值标准、审美情趣、宗教信仰等，都有其主流倾向和较强的稳定性，不会骤然发生根本、彻底的变化，这使民间文学有一些常见的主题和人物类型。如"私订终身后花园，落难公子中状元""好人有好报，真心有真情"，这些传统戏曲里关乎人性的永恒主题，在这本集子里也得到了充分的展现。

长期以来，海盐南片读书人多，文化的延续性较强，所以南片的民间故事似乎也要比北片丰富。李英出生、成长、工作在百步、沈荡，所以对西北片的民间故事收集较多，本书中多则故事都发生在百步、沈荡一带，尤其是"地名传说"中的故事。这也印证了民间故事具有地域性的特点。

一个领导曾对我说，他到海盐后才明白了什么叫文脉，什么叫底蕴。因为在海盐，有时吃饭时，坐在边上的一个貌不惊人语不惊人的人，可能就是一个作家或书法家……李英就是这拨人群中的民间文学作家。

林周良

2023 年 11 月 18 日

目 录

第三章　地名传说

第四章　风俗传说

第五章　历史故事

第六章　民间故事

第七章 新故事

第一章

风物传说

白龙君求雨

"山不在高，有仙则名。水不在深，有龙则灵。"

很早以前，古海盐有一座陈山，山顶上有一块凹凸不平的大石头，每年三月，山上都会产生雷电交加、云雾缭绕的奇观。然后，就会下一场瓢泼大雨。

人们说下雨的这天，正好是白龙君诞生的日子。附近老百姓就在这里建造了一座"龙君祠"，年年祭拜白龙君。

白龙降雨

精诚所至，金石为开。老百姓的诚意深深地感动了白龙君。后来，每次祭祀时，当主祭者按照仪式规矩将酒浇在那块凹凸不平的大石头上时，石头上就会显现出白龙君弯弯曲曲的身影。

有一年，海盐发生旱灾，天上连续三个月不下一滴雨。一眼望去，田野里土地开裂、庄稼枯死，一片荒凉景象。心急如焚的老百姓一群一群涌入县衙内求助。县令也想不出啥好办法，便带领老百姓前往陈山，在龙君祠内摆上三牲祭品，县令亲自上香点烛祭拜白龙君，祈求白龙君降下雨水，福泽百姓。

三天后，果然天降大雨，田里庄稼得到雨水浇灌恢复生机，河里鱼儿游来游去，村民们见面时都说："老天爷终于下了一场及时雨，真要感谢白龙君救了我们的命！"这件事一传十，十传百，被一位海盐籍御史听闻，御史随即上报给朝廷。朝廷下令，给这座龙君祠赐名"显济庙"。

绍熙元年（1190），海盐又发生了大旱灾，绝望的老百姓又一次冲进县衙，要求县令给他们想想办法，尽快化解这场旱灾。新来的县令李直养，刚上任两个月，听了老百姓的诉求，看到海盐境内已经河底向天、禾苗枯黄，却也是毫无办法。这时，一位当差的衙役对李直养说："老爷！海盐附近有座显济庙，听说那里的白龙君很是灵验，要不您也去祭拜一下？"李直养想自己初来乍到，一时三刻也想不出啥好办法救灾，试试也罢，便带着一批衙役去显济庙祭祀。

李直养来到显济庙，亲自上香点烛，毕恭毕敬地祭拜了一番。突然，一条全身白色的龙显现在神座上，李直养惊喜不已。

这件事情一传开，震惊全县。老百姓奔走相告，白龙君又显灵啦！白龙君又显灵啦！三天后，真的下了一场倾盆大雨，田里水渠充盈，禾苗起死回生，老百姓人人脸上露出了笑容。

这一年，海盐县粮食获得了大丰收，老百姓家里的谷囤筑得老高老高，家家户户有余粮。好事传千里，白龙君显形之事传到京城，惊动了皇帝，皇帝下旨，特封白龙君为"广惠渊灵侯"，封龙母为"庆善夫人"。

第二年，县令李直养拨款数千，组织人们修建显济庙接梁殿和龙母殿两座大殿，更换两座塑像和所有设施，塑白龙君像以祭奉。

后来，海盐县令李直养向州府请示，把显济庙迁至兴福庙，并广纳道士供养白龙君，庙内香火旺盛，香客不断。李直养还在此为这位白龙君刻石立碑，以纪念这位帮助老百姓、施雨救灾救难的"雨神"。

讲述者：金成刚

时间：2016 年 8 月 15 日

地点：海盐县武原镇天宁西路 30 号

原载《山海经》杂志

柘湖女神

早前，古海盐县还在柘林镇，附近有一座柘山，山上有座"三姑祠"，祠中供奉一位妇人，人称"三姑神"，关于她的来历有一个神奇的传说。

秦末，有一年中秋节，古海盐县家家户户张罗着庆祝传统佳节中秋节。县上有位邢姓妇女，因为她在家里排行第三，人称之为邢三姑。她端庄美丽、聪明贤惠，正在家里忙着和面粉做月饼，烧煮八月半的酱鸭，准备中秋夜和全家人一起赏月亮、吃月饼、品美食。

这时，有人看到天空中飞来一群蝙蝠，密密麻麻如乌云遮日，河里的鱼儿活跃得过分，如白浪翻卷。突然，县城地动屋摇、门窗毁裂。瞬时，街面上出现地裂，城池不断下陷。人们不知发生了什么情况，纷纷跑出家门。此时，街上逃命的、哭叫的人乱作一团。邢三姑吓得连忙摘下头上的花头巾，包上桌子上几个已蒸

柘湖女神 丰国需 画

好的月饼，跟在一群逃难人中间，急急忙忙往外跑。大街上人挤人，大家像一群无头苍蝇，拼命四处逃窜，现场一片混乱。

原来，海盐县发生大地陷，这场突如其来的地陷使县城内外大地在不停地旋转，房屋剧烈摇晃，如临大敌的人你挤我推不知逃向哪里。突然，邢三姑被人群推搡到河边，掉进了正在下陷的泥潭里，当即沉入万丈深渊。而那些逃得快的人幸运地撤走了。海盐县城瞬间陷没成湖，旁边的柘山和附近的村庄也一起沉入湖中，县城内外一片汪洋。

第二天，原来的县城成了一个巨大的湖泊，柘山在湖中隐约露出几个小山头。人们把这个湖叫"柘湖"，湖中的小山仍叫柘山。据说，这种大面积地陷，是海平面上升导致的，是天灾。

这个地陷形成的柘湖，湖面广阔，北承太湖，南通大海。每当路过柘湖时，人们经常听到从柘湖里传出的各种奇怪的声音，凄凉悠长，仿佛湖中有位妇女在哭诉："怨死了！怨死了！"人们都说：这是淹死在湖里的邢三姑阴魂不散在叫冤。由于她在世时人好心善，乐于助人，当地人就在湖中柘山上为她建造了一座祠，人称"三姑祠"，供奉她为"三姑神"。作为镇湖女神，又名柘湖女神。

那个时候，柘湖中每年都有一群蛟龙相互争斗，湖水为之翻腾，大浪飞卷，但是，再高的水流也不会涌进三姑祠。听说三姑祠的女神十分灵验，附近善男信女经常来祠里烧香祈拜，因此，三姑祠香火一直旺盛。

有一年，一条渔船停靠在柘湖边，忽然，一位妇女前来搭乘渔船，对船家说要去湖中的三姑祠。船家起篙开船摇向对面柘山。到达岸边，那妇女直接朝三姑祠走去了，船里留下一只鞋子。船家一想不对，她坐船的钱还没付呢！马上拿着这只鞋子冲进三姑祠，讨要摆渡钱。船家跟着这位道士来到大殿中，发现三姑神像的左脚上没有穿鞋子，而神像旁边的供台上却放着一贯钱。这时，道士就把这贯钱给了船家，船家拿了钱便离去了。

后来，附近的老百姓在农历初一、十五聚集在三姑祠，烧香祭拜三姑神，祈求女神庇佑柘湖上船运航行顺利安全，家家平安、六畜兴旺。亘古以来，古海盐县城沿海岸线一直往西南迁移，柘湖地区逐渐脱离了海盐县，被划归上海金山。而三姑神的传说一直在海盐、金山两地流传，她是海盐民间传说中最早的女神。

讲述者：王林珍

时间：1988 年 8 月 2 日

地点：海盐县沈荡镇中市街 116 号

白马庙传说

在距海盐县城东北十八里的沙腰村（今西塘桥场前），老早有一座白马庙，又称白衣庙，它的来历十分神奇。

秦朝末年的时候，海盐县治在柘林，柘林地陷后成柘湖后，县城从柘林迁移至当湖镇，又名武原乡。县城迁移许多年后，即东汉安帝延光四年（125），这是一个灾害频发的年份，全国各地地震多达十六次，武原乡也不太平。

三月初的一天，突然，县城雷声四起、闪电不断，下了一天一夜暴雨，老百姓都吓得躲在家里不敢出门，仿佛天要塌下来了。清晨，风雨戛然而止。这时，居民房顶瓦片倾覆、门窗乱飞，鸡飞狗叫，地动山摇，整个县城大地不停地晃动。当时，附近有位赶早市卖肉的屠夫，看到一位穿一身白衣的男子飞身跳上一匹白马，眼见大地快速下沉，白衣男子眼疾手快，勒住白马缰绳，转头挥鞭向东南一角奔去。这时，"轰隆隆！"一声巨响，整个县城塌陷了，变成白茫茫一片水域。海盐县城一百二十余顷土地轰然陷于水下，县城又成了一片汪洋。奇怪的是只有白衣男子奔向的东南一角，形成一块高墩，水淹没到那儿就停止了。

时值清晨，全城的男女老少还未醒，突如其来的地震导致当时的县令王仁芳、县丞何昭亮等人连同其家眷、随从，以及公务人员一起殉难，还有城内的无数百姓全部遭遇灭顶之灾，无一生还。事后，海盐守将钊山侯、马庭赛闻讯赶来，目睹一座好端端的县城变成一片白茫茫的汪洋，湖面上漂浮着人畜尸体、门板、树枝等，水里只看到一些隐隐约约的房子屋顶。他们一边上报朝廷一边抢救，收拾残局。

当湖镇淹没的地方，湖水一天四平，老百姓后来就把这个湖叫"平湖"。大地震过后，在平湖的西畔又逐渐形成一个新的市镇。这个市镇的人都是原当湖镇附近居民的后裔，所以，人们又把这个市镇称为当湖镇。

传说，那位白衣勇士是天上派来的神仙，是来救助城内百姓逃命的，因为看错时辰，在县城淹没时只抢下东南一角。后来，这一角变成一座山，称作陈山。当地老百姓为了感谢白衣勇士的恩德，善男信女有钱出钱，有力出力，在此建造了一座庙，因这位白衣勇士骑着白马穿着白衣而来，就叫此庙为"白马庙"或"白衣庙"。每当初一、十五庙里举办庙会时，四邻八乡的村民纷纷前来烧香祭拜，祈求白马神灵保佑百姓：风调雨顺、四季平安、无灾无难。

清末，在白马庙前发生一件怪事。道光二十二年（1842）四月的一天，洋人来犯，七八艘海船开进杭州湾。乍浦失守后，一天，一名高鼻子、蓝眼睛的洋人头目，骑马率领一队人马耀武扬威地准备进犯海盐。经过白马庙时，那名洋人头目却无缘无故地从马上坠下来当场摔死。他的手下吓得惊慌失措，有两名洋人想继续进攻，却和洋人头目一样无故坠马而亡。剩下的兵丁吓得要命，纷纷向后撤退，逃得无影无踪。

当地村民传说：这是由于白衣勇士出手放冷枪，打死了进攻海盐的洋人，帮助海盐人民抗击敌人，县城才得保安全。

自宋朝至民国，白马庙一直是海盐县四大储粮官仓之一，称常平仓。每当老百姓遭遇旱灾、涝灾的荒年，政府在白马庙常平仓都会开仓放粮，救济百姓。

讲述者：方陈群

时间：2018年9月3日

地点：海盐县武原镇天宁寺弄6号

原载《南湖晚报》

钱塘江潮神

早在汉代，山西有位张大人，家里有一个女儿，天生丽质、聪明伶俐。张大人已托媒人将其许配给山西富商孔家。

到了女儿出嫁时，张大人要给女儿做一套高档的好嫁妆。女儿风风光光出嫁，也是做父母的脸上有光。张大人听说江南一带好山好水出好木，特别是海盐境内有一座柘山，山上生长着一种名贵的柘树，木质细密，结实耐用，是制作高档家具、雕刻工艺品的珍贵木材。张大人租了一艘大船，不远万里，携全家跋山涉水来江南采购木材，顺便游玩"鱼米之乡、丝绸之府"的人间天堂苏、杭。

话说在古海盐县（当时叫华亭县）金山一带的钱塘江中，常年隐藏着一只很大很大的鼋，平时江面风平浪静，该鼋潜伏在江中不动声色，一旦闻到江面上有香喷喷的肉味就馋得要命，呼风唤雨疯狂地掀起巨浪，毁船吃人，伤害百姓，已经横行华亭县好多年了。

一天，张大人带着全家二十多人，乘坐一艘装饰精美的大木船来到华亭，船停在金山万山寺外钱塘江港湾。他再三叮嘱妻女、仆人，在船上待着不要乱走动，这里人生地不熟，等他回来再启程。张大人租一只小船先去拜访华亭县一位故友，顺便踏看一下柘山上的树木质量、价格等。

张大人的家人和仆人待在船上欣赏江景。钱塘江一望无际的江面上，风平浪静，渔船穿梭，蔚蓝的天空下海鸥飞翔。看

众人斗大鼋　丰国需　画

得人欣喜若狂、赞叹不已，江景美如画，江南好风光。到了中午吃饭时间，仆人们在船上开始做饭。有钱人家吃得好，有烤腊肉、红烧鱼、素炒白菜、蘑菇炒三丁等，菜肴烧煮好，香气扑鼻，十里飘香。正好被钱塘江里那只多日不开荤的大鼋闻到，这么香的肉味，今天终于有口福啦！一阵暗喜，大鼋开心地闻着香味游去，快速游到张家的大木船底下。张家一船人正在品尝一桌美味佳肴时，突然，江中巨浪滔天，怪风卷起，大木船剧烈晃动，一船人吓得胆战心惊、大声尖叫。此时，一只大鼋破水而出，巨大的身躯顶翻了大木船，瞬间，张大人一家二十多人全部葬身江中。

第二天，张大人匆匆忙忙回来，却不见那条大木船影子，他感到大事不妙，急忙跑到附近万山寺里去问一位僧人："师傅，我家昨天停在江边的一艘大船不见了，你们可曾见到？"僧人说："昨天钱塘江中的大鼋又出来作恶，浊浪滔天。可能是你家船上饭菜的香味吸引它来抢食，以致船翻人亡了。"张大人一听，顿时大哭不止，痛不欲生，一家老小二十多人全部丧命江中，日后再无妻子与他做伴，再无儿女承欢膝下……一夜间，他成了孤家寡人，恨得咬牙切齿，下定决心一定要报这个深仇大恨，发誓不杀死大鼋这只害人精怪，决不回山西。

附近的老百姓听说张大人要杀死大鼋，纷纷劝说：这鼋怪盘踞江里多年，毁船无数，实在不是人力能消灭的，劝你还是死了这条心，回山西老家去吧！你看看，当地人都惧怕它，束手无策，随它兴风作浪。就连万山寺的僧人也害怕，那些和尚自己天天吃素，却时常屠羊宰猪扔到江里，给大鼋食用，希望它填饱肚子，能安静地待在水底下，不要出来害人，以求太平。

张大人却固执己见，偏不信那个邪。他找来当地几位长者，打听到大鼋经常出没的位置。这天，张大人买来一头猪、一头羊，还买了许多砒霜、硫黄，先把猪、羊烧煮，再在猪肚、羊肚内放入大量砒霜、硫黄，用铁丝把肚皮缝上，又在当地叫了四五个身强力壮的男人，先抬上一头猪扔到江里，这只大鼋一闻到肉香味，跃出江面，张开血盆大嘴将其一口吞下。过了十分钟，张大人让他们再把一头羊投入江中，那只大鼋以为今天是个好日子，又有美食过来，立即张开血盆大口，一口将羊也吞入腹中。

过了一会儿，岸上的人们看到，一只巨大的鼋一下跃出江面，又落下去了。突然，江面像一只大锅炸开了花，只见大鼋难受得跳出江面，扑腾了几下，江面又恢复风平浪静。此时，大鼋尸体浮上江面，围观的百姓拍手叫喊："大鼋终于死了！谢谢张大人为民除害!"

从此,危害古海盐多年的大鼋终于被消灭了。张大人惩恶扬善的举动得到当地老百姓的称赞。他既为亲人报了仇,又为社会铲除了作恶多年的祸害,然后,便回山西老家去了……

当地老百姓为感谢张大人为民除害的大恩大德,特意在钱塘江边为他修建了一座"张公祠",并尊他为水神,又称钱塘江潮神,希望他保佑一方平安。

讲述者:王林珍

时间:1987 年 3 月 5 日

地点:海盐县沈荡镇喷湖路 132 号

三声亲孩儿

明代，朝廷有位大臣张方良，老家在太湖边上，家里有房屋一百多间，田产上千亩，还有个宝贝女儿叫玉仙，生得皮肤白皙、杨柳细腰、美若天仙。玉仙姑娘的闺房面朝太湖，风景秀丽，空气新鲜，可早看红日升，晚看夕阳斜，水边芦苇绿，一线湖景房。

一天早晨，玉仙小姐起床后，坐在窗口梳妆打扮，突然，她看到窗外伸进一枝碧绿碧绿的芦苇，叶子上挂着几颗晶莹剔透的露珠，附在叶子上闪烁。咦！好奇怪，芦苇叶上的露珠一动一动的好像在和她说话。玉仙伸出手去，蘸一颗露珠，抹在自己的头发上，用梳子一梳，滑溜溜的！

过了三天，丫鬟发现玉仙小姐的头发变得乌黑发亮，就说："小姐，你头发上用了什么秘方？"玉仙笑笑说："前几日，蘸了几滴窗外芦苇叶上的露水，抹在头发上。"

这样每天早上，玉仙小姐总要去窗口芦苇叶上蘸几滴露水抹在头发上，有时好奇心上来，还放到舌尖舔一舔，觉得甜滋滋、凉丝丝，味道好极啦！

说来奇怪，四个月后，玉仙小姐的肚子不知不觉凸了起来，身体也感觉不适，嘴巴也变得十分挑剔。老夫人请郎中来家里给她把脉问诊，郎中说："你家小姐有身孕了！"这可急死一家人，一个黄花姑娘未婚先孕是天大的丑事啊！老夫人连忙派人去京城把这件事情禀报给老爷张方良。

张方良接到家信心急如焚，马上赶回家里，一看女儿隆起的肚子，再三盘问到底是啥原因，玉仙也说不出来。家里人都说，最近小姐没有走出家门半步，从没和男人相见过，丫鬟小月说："就是小姐每天早上会在头发上抹一点露水，有时还会舔一滴露水。"

张方良想，女儿一定是孽障附身。可是，堂堂重臣家的小姐，一个黄花闺女未婚先孕，传出去名声难听，以后不但嫁不出去，还会败坏张家门风。届时，自己的脸往哪里搁？可是，事情既然已经发生了，总得想出个办法来解决。可一下子大家都想不出啥好办法，无计可施。只好先让女儿把小孩生下来再说。

时间过得飞快，快到十个月了，玉仙小姐生下了一个白白胖胖的男孩。虽然，这是一个没有父亲的私生子，但家人看着这个小男孩生得大眼睛、白皮肤，讨人喜欢，也就认可了。可总得给孩子取个名字。张方良想：这个孩子是因母亲舔露水而怀上的，就叫甘露吧！

甘露长到十岁那年，朝堂上明争暗斗十分激烈，派别之间相互打压，朝臣张方良在朝廷里被排挤得眼看要立不住脚了。嘉靖皇帝听信奸臣严嵩之言，处处有意刁难张方良。这一次，竟然挖空心思，非要张方良回家去拿出公鸡蛋、羯羊胎这两样东西来，拿不出来就要人头落地。

张方良心事重重回到家里，天天唉声叹气。小甘露在一边听大人们说起此事，却笑嘻嘻地对外公说："外公，你别急，明天我代你去上朝，包你无事！"张方良说："你一个小孩子家家，有啥办法？"又想，反正现在也想不出啥好办法，死马当活马医，就让这个小孩去试试吧。

第二天一早，上早朝时，皇帝往朝堂上望去，看见有个小孩子立在几位大臣中间，就大声责问："朝堂之上，岂能儿戏？

这是谁家的孩子？"小甘露说："我是张方良的外孙甘露。"

皇上问："你外公呢？"甘露答："他在家里生孩子。"

皇帝扑哧一笑说："小孩子瞎说什么，你外公是男人，怎么能生产？"

小甘露马上回一句："男人不能生产，那你说哪里来的公鸡蛋、羯羊胎？"

喔唷，小孩子果然厉害！皇帝瞪大眼睛不敢小看他了。又问了一句："你小小年纪这么聪明，肚皮里到底有点啥名堂？"

甘露回答说："那么你的肚皮里有点啥名堂呢？"

皇帝说："哈哈！我是当今皇上，肚皮里有七窍八通。"

甘露说："哦！这有啥稀奇！我肚皮里有九窍十三通。"

皇帝当然不相信，面色铁青地从龙椅上站起来怒斥道："你有何凭证？"

小甘露说："你不信，可以剖开我的肚皮当场验证。"旁边一位好心的大臣连忙劝说："小家伙，不能和皇上顶嘴，你不要命啦！"

甘露说："不要紧的！"又说："皇上，你别不相信，剖开我的肚皮后，只要叫我三声亲孩儿，我就活过来了！"

甘露说得头头是道，皇帝也信以为真，当场命人剖开甘露的肚皮。谁知道剖开肚皮一看，肚皮里面血肉模糊，啥也看不清啦！皇帝为了兑现诺言，连忙叫三声："亲孩儿！""亲孩儿！""亲孩儿！"

这一叫，可不得了，满朝文武百官一起对着小甘露跪下。为啥呢？因为皇帝喊他"亲孩儿"，他不就是当朝皇太子了。皇太子一死，满朝文武百官都要跪下来拜！

当然，小甘露是再也活不过来了，皇帝一看，上了小孩子的当，弄假成真了。只好封甘露为皇太子，还按皇家规格厚葬他，并把甘露的母亲玉仙接进皇宫，封她为皇后，甘露的外公张方良也就成了当朝国丈啦!

讲述者：吴小宝

时间：1988 年 3 月 16 日

地点：海盐县沈荡镇中市街 102 号

海 鳅

一天早晨，海盐海边海风习习，火红的朝霞照在波光粼粼的海面上。海堤上走来一位四十多岁的渔民，皮肤黝黑，身强体壮，扛着一张大渔网，趁海水还没涨潮去海边捕鱼，因为最近家里好几天不开荤了。

当走到海塘边时，他看见海滩上有一堆黑乎乎的东西，大得像一座山，渔民十分好奇地走过去，一看，这东西黑乎乎的像个怪物。顿时，渔民惊恐不已，以为自己一大清早碰见鬼怪了。

渔民扔下渔具，急急忙忙跑到望海镇上，走进一家茶馆，向正在吃早茶的茶客们讲述了刚才在海边看到的怪物。茶馆历来是灵市面、讲空头、说新闻的地方，茶客们一大早听到这件稀奇古怪的事情，茶都不喝了，跟着渔民一起奔向海边看我稀奇去了。

此时，住在海边的几户渔民，早上出来向海边望去，见海滩上像有一艘搁浅的渔船，大家也不约而同奔向海边。两群人在海边围着这个庞然怪物看。长约一百丈，宽约八丈，高约五丈，嘴巴长约一点五丈，绿色的皮，全身光滑没有鱼鳞，颈部有两根又长又细的毛，像马的鬃毛。身体肉鼓鼓，又大又黑又圆的眼睛半开半闭，一张嘴巴半张着，有气无力地喘着气，像鱼又不像鱼，半死不活，是个啥东西呢？附近村里一位七十多岁的王老汉说，好像是海里的"海鳅"。

这件稀奇事像长了翅膀似的传开了，一传十、十传百，方圆几十里的人都知道啦！人们纷纷奔向海边，海滩上聚集了上千人。那条海鳅仍然躺在海滩上，有人用脚踢踢它圆圆的肚子，有人摸摸它的尾巴，发现它的身体还能动。原来，海鳅身体太大，被潮水裹挟着冲上海边，搁在沙滩上动弹不得。一位身穿花衣服的胖大嫂说："既然你们说是海鳅（形似鲸鱼），我家住在外塘，那我就先刮点肉回家烧来吃吃看。"这妇女把刮来的海鳅肉拿回家，烧来吃好后，马上又跑回来说，这东西的肉吃着像鱼肉，味道蛮好的。这样一说，现场的人们就开始骚动起来，争先恐后地在海鳅身上动刀子，你一刀、我一叉地割肉。

第二天，海边人山人海，大家从家里拿来菜刀、叉子、锯子在海鳅身上乱割、乱抠、叉戳，开始你争我夺哄抢海鳅肉，争来争去你割多了，我少抠了，吵骂起来，两个男人要大打出手。此时，海鳅被一群人折磨了两天，身体疼痛难受死了，突然，"嗡，嗡！"号叫两声卷起身体翻了个身，据说当场压死几十人，吓得人人胆战心惊，都躲得远远的。等海鳅安静下来，人们又蜂拥而至刀割叉抠起来。有一个叫陈山的渔民来晚了，只刮到一团海鳅油，说拿到家里还能当油灯点呢。

第三天，有个有钱的平湖人，听说海盐海边惊现一条奇大无比的"怪鱼"，特意匆匆忙忙赶到海盐来看稀奇，可惜他来晚了，海鳅被割得只剩下一副大如小山的白色骨头架子。这个平湖人居然也要拿回家去，还别出心裁地说：家里有一个大花园，正缺一座假山，拿回去就是一座现成的假山，作为花园里一道风景，非常独特。就这样，让人们在海边折腾了三天三夜的海鳅事件，终于收场，曲终人散。

据说，这条海鳅原来是东海龙王的三太子，乘海里涨潮顺水而来，游出龙宫游玩，身后还跟着一群小鱼小虾，谁知他玩兴太大，忘记了退潮时必须回龙宫，庞大的身体就搁在沙滩上

海鳅

了。小鱼小虾看到三太子出事了，马上游回龙宫去禀报龙王。龙王得知此事，气得大发雷霆，震得龙宫摇摇欲坠，发誓不沉掉望海镇就不做龙王啦！

没过多久，杭州湾发生了海啸，当地人说，龙王替三太子报仇来了。强大的大风卷起十多米高的海浪，凶猛的海水冲毁了堤岸，海水倒灌，村民的房屋被淹没，镇上来不及逃命的人们全部被卷走。最终，整个望海镇都沉入海底了。

讲述者：王吕昌

时间：2012 年 5 月 18 日

地点：海盐县武原镇百尺路 131 号

孝瓜的故事

从前，海盐县学有个叫徐应奎的秀才，他为人正直、待人和气，对待父母更是特别孝顺，在家里每天嘘寒问暖，把好菜好零食让给父母吃，每年总会给父母做两套新夏衣、两套新冬衣。徐应奎母亲身体一直不好，他就把郎中请到家里来为母亲把脉诊断，细心周到地侍奉。父亲喜欢听戏，徐应奎经常带父亲去茶馆听戏。徐应奎成了海盐县城有名的大孝子，乡里人碰见他父母都称赞他们生了个好儿子，既聪明能干又孝顺明理，真是前世修来的好福气。左邻右舍教育子女都以徐应奎为榜样，一句话："你看看人家徐应奎！"

严冬的一天，徐应奎父亲徐灏生病了，躺在床上时间一长，像个病刁鬼，整天嫌嘴巴苦，吃糖说不甜，吃糕饼说不香，

孝瓜

吃个鸡蛋说没滋味，反正吃啥都不香。他对儿子说："应奎啊，爸嘴里寡淡，今早我想吃只甜瓜。"

生活中，人生病了，说话常常是牛头不对马嘴，乱话三千，胡话一堆。古代，时值大冬天，天寒地冻，万物枯萎，大地一片荒凉，去哪儿弄个甜瓜来？这可难住了大孝子徐应奎。他心急如焚，和家里人商量一上午，绞尽脑汁也想不出个好办法。正好来了一位邻居，听说徐瀓冬天想吃甜瓜，嘲笑他是痴人说梦，病糊涂了。他对徐应奎说："不必过分迁就你父亲，你已经尽心尽力了。"但徐应奎想，尽孝要趁早，如果父母不在了，想孝顺也来不及了。再说，孝顺父母是中国的传统美德，他无论如何得想个办法，满足生病父亲的心愿，让老父亲在病痛中感受到亲人的温暖。百善孝为先。徐应奎是个读书人，明白"礼义廉耻孝悌忠信"，孝顺就是在报答父母的养育之恩。"你养我小，我养你老。"

徐应奎跑到街上找遍所有的店铺，都被店家嘲笑着赶了出来，一位杂货店老板对他说："你这个人脑子进水，大冬天哪里有瓜卖，除非太阳从西边出来！"

徐应奎到了病急乱投医的地步，竟然跑到自家的田地里，跪在地上一边哭，一边叩拜天地向神灵祈求：老天爷，请帮帮忙，满足我父亲的愿望吧，请让地里长出个甜瓜来，了却父亲的一个心愿，从今往后我一定感恩戴德。

也许是孝子徐应奎的一片孝心感动了天地神灵。第二天，徐家地里的一根枯藤上真的发出嫩芽。第三天，瓜藤上长出了几片绿叶，叶子下面一只雪白雪白的甜瓜挂在绿叶藤上，真是人间奇果。好事传千里，这件稀奇古怪的事传遍了十里八乡，人们纷纷跑到徐应奎家田里来看热闹，大家说这是徐应奎平时对父母的孝心感动了老天爷，老天爷帮忙结了甜瓜。

六月里下大雪，腊月里结甜瓜。再说，徐父吃了儿子徐应奎从田里采来的那只甜瓜，开心得病也好了一半。真是：世界之大，无奇不有。后人就把这只甜瓜称作"孝瓜"。

讲述者：张一民

时间：2014 年 9 月 8 日

地点：海盐县武原镇天宁寺西路 10 号

原载《南湖晚报》

黄精草救命

　　老早辰光，王家村有个大户人家，家里有个儿子叫王道，娶了李家村小户人家的姑娘月娥为妻。老底子的人家，婚姻讲究门当户对，王家婆婆非常势利，认为王家是有钱有势的大户人家，李家只是小户人家，虽然把月娥娶进了门，但是，心里非常看不起这个小户人家出身的媳妇，觉得她是高攀王家。王家婆婆天天找月娥的茬。今天说月娥绣的花没有活相，明天说少和仆人说话……弄得月娥在王家度日如年。丈夫王道又软弱无能，是个心智还没成熟的男人，对母亲言听计从。月娥在婆家受尽了欺负，回娘家又怕父母担心，给家人增添麻烦，心情压抑，"哑巴吃黄连——有苦无处诉"。

　　一天，月娥趁婆婆不在家，跑到后山崖壁处一块大石头上大哭一场，把积压在心里很久的怨气、委屈发泄一通，觉得这样心里好受些。可是，婆婆回家发现媳妇不见了，马上叫家丁们四处寻找。傍晚，家丁们寻到后山崖壁大石头处找到月娥，催逼她赶快回家，老夫人已经在家里大发脾气。月娥想，与其跟他们回婆家活受罪，还不如死了一了百了。趁家丁们不注意，突然，月娥从悬崖上纵身跳下。家丁们见她跳入万丈深渊，必死无疑，便回去交差，回到王家对东家说："王家媳妇跳崖自尽了。"

　　苦媳妇真是人苦命大啊。月娥跳落山崖后，醒过来一看，发现身体竟然挂在一棵大树的树枝上。但是，她既上不来，也下不去，一直挂了一夜，口干舌燥，肚子也饿得咕咕叫，人快要不行了，怎么办呢？她往下望去，看见一片绿油油的野草地上，一群猴子正在拔野草，吃野草白白的根，活蹦乱跳，你抢我夺。月娥想：这野草猴子能吃，人难道不能吃？马上从树枝上跳下去。月娥摔得半死不活，过了许久才醒过来。她饥饿难忍，有气无力地慢慢爬起来，拔一撮身边的野草，学猴子的样，吃野草白白的根，觉得味道真不错，甜滋滋的很爽口。

就这样，月娥每天靠一些野草充饥，渐渐觉得肚子也不饿了，身体有力气了，就在山谷里走走，看看树林里的风景，呼吸一下山里的新鲜空气。饿了再拔一把草根嚼嚼，吃饱了再躺在草地上休息。被困在没有人进出的深山老林里，有时还和猴子们抢草吃，自由自在，十分开心，渐渐觉得自己的身体变得轻捷强壮起来。

过了一个月，月娥整个人变得面色红润、神清气爽。月娥感觉自己身轻如燕、走路如飞。此时，她只想回娘家看看父母，不想回到王家那个魔窟。一个人慢慢地走出了深山，来到跳崖时的那块大石头处，想起往南走是去王家，往西走是回娘家，就朝西走去，走了一天一夜终于走到了娘家。

月娥敲门出现在娘家人面前时，把娘家人吓得半死，大家都知道她在一个月前已经跳悬崖摔死了，怎么又回来了？月娥母亲轻轻地试着问她："女儿啊！你到底是人还是鬼？"月娥说："妈，我是个大活人！"母亲这才让她进了屋。村里人得知此事都跑来看热闹，月娥坐下来把跳崖后，在山里靠吃野草根活命的事情讲给大家听。大家听了月娥"死而复生"的事情，纷纷称赞她的命真大，九死一生。

月娥"死而复生"的事情很快传遍了十里八乡，人们怀着好奇心，从四面八方赶来看稀奇。这件怪事传到当时一位名医陶弘景耳朵里，他觉得非常神奇，便亲自登门拜访月娥。他听了月娥在山里如何靠吃野草活命的讲述后，就让她带路，去寻找她在山里被困的一个月期间吃的那片野草。到了现场，陶弘景还拔了很多野草带回来。翻阅医书，仔细研究一番，配给他的病人试服后，陶弘景发现病人精、气、神都变得很好。陶弘景说："这野草救了月娥的命，就叫黄精草吧。"它"为仙经所贵，根叶花实，皆可饵服，酒散随宜"。根、茎、花、果都能吃，有制酒服的，也有研末吞服的。

从此，黄精草成了一种名贵药材，人们开始服食黄精草这种神奇的草药。陶弘景又把黄精编入《本草经集注》，写道，黄精是补中益气、安五脏、久服轻身、延年不饥的良药。黄精因可嚼食饱腹，又有仙人余粮、救穷草、米脯之美称。俗话说："富人吃人参，穷人吃黄精。"

黄精草尽得土地之精粹，人们食用后可以长寿，身体强壮少得病，所以黄精草又称"长寿百岁草"。它还有补气养阴、润养精血、乌发等作用。唐代诗人杜甫诗："扫除白发黄精在，君看他时冰雪容。"

讲述者：吴小妹

时间：2016 年 1 月 15 日

地点：海盐县武原镇方池路与梅园路口

八月半吃芋艿

芋艿，又名"芋头"。芋头芽头春天种入地下，随土而长，等到秋收之时，被人们从泥土里挖出来，去皮烧熟，成为人们餐桌上的时令家常菜。中国人八月半吃月饼，是唐朝以来沿袭千年的习俗。但是，海盐地区还有八月半吃芋艿的习俗。

相传明朝年间，倭寇十分猖狂，屡次侵犯中国东南沿海一带，烧、杀、抢、掠，无恶不作，东南沿海地区的老百姓深受其害，对倭寇深恶痛绝。

有一年快到中秋，大批倭寇的海船开进杭州湾，朝廷派戚继光带兵抗击倭寇，他与海盐一带老百姓一起阻挡倭寇海船靠岸登陆，倭寇只得往东撤退。戚继光带领的部队为了庆祝战事胜利，晚上，在秦山一个山头的营地上喝庆功酒，突然，狡猾的倭寇乘夜深人静、月黑风高之时，大队人马驾着海船再次登陆海盐。倭寇将海船停靠在秦山脚下，并悄悄地来到秦山上偷袭营地，把戚继光的大队人马死死围困在山头上三天三夜。官兵们被困在山上，粮草断绝，饿得手脚发软，连水源也没有。怎么办？大家只好在山上采野果、挖野草、摘树叶充饥。

一天中午，有几个士兵在半山腰挖到了很多圆溜溜、黑乎乎、毛茸茸、长着一根根白根须的东西，大家饿得发慌，肚子咕咕叫得两眼昏花，就拿回营地直接放在锅里带皮烧。烧熟后一位士兵拿出来剥开皮一吃，咦！里面是白白的黏黏的肉，咬一口蛮香、蛮糯、蛮好吃，也不晓得这种食物叫啥名字。有士兵说，只要吃了能填饱肚子，能活命就好，管它叫啥名字。

此时，戚继光正好走过来，听到士兵们的议论就说："为了纪念在这里的遇难事件，这又是在最困难时吃到的食物，就叫'遇难'吧。"戚继光命令士兵们马上全部去挖"遇难"，烧来吃个饱，明天打个漂亮的突围胜仗！

那倭寇头目想，朝廷的这些兵将被死死地困在山上，几天几夜没有食物供给，不用打仗也会饿死，我们就等着去收尸吧！

这天，士兵们挖了很多"遇难"，晚上烧了几大锅。士兵们半夜里饱餐一顿"遇难"之后，精神振作，士气高涨。一大清早，所有士兵分几路冲到山下，出其不意，如天降神兵，瞬间出现在倭寇面前，以迅雷不及掩耳之势将那些还在睡梦中的倭寇全部歼灭，取得了突围的重大胜利。这一天，正是中国传统节日中秋节，士兵们就是在这一天吃到的"遇难"。因"遇难"与"芋艿"谐音，"遇难"一词不吉，故而人们就把"遇难"改作芋艿。

俗话说："七月半吃鸭，八月半吃芋。"农历七月十五，江南的鸭子最为肥美，是人们秋季进补养生的首选食材。而八月十五，江南农村新芋艿成熟上市，口感最香糯。还有一类芋艿，长有芋母、芋子、芋孙三代芋，吃芋艿含有三代同堂、家庭美满之意。海盐民间中秋节合家团圆，有赏月、拜月、吃芋艿的习俗。

海盐本地的芋艿个小、粉甜、香糯、好入口，让人百吃不厌。中医认为：常吃芋艿有宽肠胃、调节中气、化痰等功效。而在1959—1961年，中国"三年困难时期"，田地颗粒无收，农民没有粮食吃，只好吃芋艿、番薯、草根等，芋艿又一次救了老百姓的生命。

从此，东南沿海一带的老百姓家家户户年年种植芋艿。每逢中秋佳节，人们从田地里挖出新芋艿，做成餐桌上的红烧芋艿、清烧芋艿，美味无穷，更是为了纪念戚继光当年带兵抗击倭寇受困时，芋艿救急、救难的功劳。

讲述者：王林珍

时间：1987 年 11 月 25 日

地点：海盐县沈荡镇喷湖路 132 号

第二章　人物传说

秦始皇偷盐

秦始皇统一六国后，又统一文字、货币、度量衡，真正实现了中华文化大一统，对后世的封建王朝产生了深远影响。此时，秦始皇的年纪已经很大了，便开始追求长生不老。老话说："做了皇帝想成仙。"秦始皇认为不老仙丹和万岁不死的仙人，就在那遥远的海上。

这一年，秦帝国突然出现三件诡异之事：一是荧惑守心，二是天降陨石，三是沉璧再现。这三件诡异之事，是非常凶险的兆头，寓意天神、山神、水神三神一齐来向始皇帝索命。这些怪事让秦始皇非常恐慌和郁闷，他决定出去散散心，遂开始第五次东巡，寻找长生不老药，以求保命。

一天，秦始皇一行人马来到东海之滨的海盐秦山，秦始皇的军队和随行人马驻扎在秦山上。这天晚上，秦始皇的老朋友张天师闻讯前来拜见，俩人在秦山行宫里聊天时，秦始皇说："天师啊！我和你也是老朋友，人们都说天庭美，你什么时候带我去天庭见识见识。"其实他是想得道成仙——上天，先去探探神仙们生活的天庭是啥样子。张天师听了说："不行，不行，天庭里玉皇大帝管得很严，发现了要惩罚我的！"秦始皇说："我同你这么要好的朋友，这点小事都不肯帮忙，我们枉交一场朋友！"张天师被秦始皇软磨硬泡一番后，没有办法，只好答应。但是，他说道："陛下啊，天庭里也有天规，到了那边，你只能在南天门看，不能说话，任何东西都不能碰。"秦始皇说："你放心，朕只用两只眼睛看就是。"

第二天，张天师就带着秦始皇去天庭啦，一路上"呼呼呼"风声灌耳，云层重重，他俩腾云驾雾经过九霄云层，终于来到了南天门。张天师对秦始皇说："陛下，您站在这儿暂等片刻，我去向玉帝汇报点事情，一会儿就回来。"秦始皇点头："嗯！嗯！"

秦始皇一个人站在南天门东看看西瞅瞅，感叹：天庭真美啊，比秦宫气派多了，瑶池五彩斑斓，日出云海，百花盛开。突然，他闻到一股扑鼻的香味，咦！啥东西这么香呢？秦始皇闻得肚子也饿了，心想反正张天师汇报工作一时半刻也不会回来，就顺着香味寻过去。走到一间房子门口，只见两位神仙正在烧菜，他偷偷地溜进去躲在角落里看，只听一位神仙说："啊呀！这盘菜忘记放盐了！"说完，从一只小瓶里抓了一撮白闪闪的东西放入菜里。秦始皇想：怪不得味道这么香，原来菜里还要放盐，秦皇宫的菜没这么香，原来是没有放盐啊！①此时，他又多了个心眼，趁两位神仙端着菜出去时，跑过去在瓶里抓了两把盐放在口袋里，就急急忙忙跑回南天门。

这时，张天师正好也回来了，说："陛下，咱们回去了！"立即背起秦始皇就往回走。走了一会儿，忽然听见后面锣鼓喧天，杀声阵阵，追兵大喊："抓住他们，抓住他们！"秦始皇知道完了，自己偷两把盐被天神发现了，怎么办？人赃俱全，肯定走不了，便马上把口袋里的盐统统倒掉。这时，天兵天将追上了他们，在两人身上搜来搜去，啥也没搜到，一个天兵说："明明见他进去偷了盐，怎么没有？"可是，现场没有物证，只好无可奈何地放他们走了。

---

①此为传说，非史实。根据史料记载，秦朝有完善的盐制。

传说，秦始皇口袋里的盐撒下去，大部分落在海里，海水就变成咸的，少部分盐撒在陆地上，变成了许许多多的盐矿。由于当时秦始皇正在海盐巡游，所以这些盐大多撒在杭州湾附近的海里啦！

从此，海盐沿海一带的海水是咸的、混浊的，老百姓就有了用海水煮盐、晒盐的习俗。海盐县在历史上是产盐地区，县名也来自"盐田相望、海滨广斥"，而鲍郎盐场盛产的吴雪盐被奉为朝廷官盐。当时，秦始皇把粘在口袋角落里的几粒盐翻出来，让御厨放在菜里烧，果然，烧出的菜肴咸滋滋别有味道，鲜美极啦！盐，不仅是烧菜的重要调味品，而且是维持人体正常发育不可缺少的化合物。

从此，菜肴里放盐的秘方从天庭传到秦宫，再从秦宫传到民间，老百姓才有了烧菜放盐的习惯。

讲述者：吴玉珍

时间：1988年6月9日

地点：海盐县百步乡①农丰村大岸头

原载《南湖晚报》

---

①1997年12月，百步乡改镇，故事讲述时间在1997年之前的，仍以百步乡记，后同。

秦山刀枪库和阴兵

　　海盐秦山半山腰，老早有一座"法云庵"（茅庵），它的旁边有一座秦始皇当年来秦山时开挖的刀枪库。

　　秦始皇第五次南巡来到海盐，听说秦山上生长着一种长生药，便命随行伴驾的娘娘和宫女、官员、御林军全部驻扎在秦山上。

　　这次，"忽悠大师"方士徐福也随行。其实，这些年徐福根本就没有去寻找啥神仙，几次出海都无果而返，他拿着秦始皇的巨额经费，在海上吃喝玩乐，逍遥自在。

　　一天，秦始皇鄙视地看着一旁的徐福问："徐福，寻找神仙的事情进展得怎么样了？"徐福说："回陛下，上次去蓬莱仙岛，因神仙们有事去天宫所以没见着。"徐福诚惶诚恐、战战兢兢，看到秦始皇大帐两旁站着两位手握刀枪威风凛凛的侍卫，心里慌兮兮，马上在秦始皇面前一跪，献计道："启奏陛下，蓬莱仙岛上刀枪入库、马放南山，一片祥和之气，如此才能有长生药。我们在秦山上也挖个土坑，存放刀枪，一是显示大王求仙心诚，二是便于统一管理军队武器。"秦始皇一听，觉得徐福说的有道理，便下旨照办。兵丁们就在秦山半山腰上挖了一个约五丈深的山洞，集中存放官兵的刀枪武器，称作"刀枪库"。

　　一个月后，秦始皇带着浩浩荡荡的军队、扈从离开了，这个刀枪库就一直留在秦山上。海盐当地老百姓为了纪念秦始皇亲临秦山的荣耀，还在秦山脚下建造了一座秦始皇庙，庙里供奉着秦始皇的神像。山上还建造了一座"娘娘庙",纪念秦始皇的那位病死于秦山的美人。

秦山当地,在每年农历二月初四秦始皇生日那天①,会举办隆重的秦始皇庙会,场面十分热闹,十里八乡的信众赶来烧香拜佛,祈求秦始皇大老爷保佑国泰民安、五谷丰登。可是,每年二月初四一清早,秦山附近人家都会听到从秦山上刀枪库里传出"乒乒乓乓"的刀枪声。人们都说刀枪库里的阴兵正在操练刀枪,为秦始皇庆寿呢。传说这些阴兵都是当年跟随秦始皇从陕西来到秦山的御林军,人人英雄神武。他们的英魂留在秦山上,保护秦始皇庙里的大老爷。

时间一晃到了明朝嘉靖年间,由于朝廷腐败,地方混乱,东南沿海地区海防松懈,倭寇越来越猖獗,对当地老百姓大肆劫掠,烧杀奸淫、无恶不作,给沿海一带人民生活和社会经济造成了极大的破坏。

一天,一群倭寇乘海船来到秦山海边,想去秦山脚下的夏家湾抢劫。倭寇的船刚登陆,突然,从秦山上的刀枪库里飞出无数的刀、枪、箭、铁矛等,这些兵器对准这伙倭寇,打得他们哭爹喊娘,狼狈不堪,有来无回,统统死光。当地村民还缴获很多兵器呢,真是大快人心。人们说,打败这群倭寇的是秦山上的阴兵,他们用刀、枪、箭等,有力打击了来犯之敌。

时间飞快,世道轮回,朝代更迭。到了清朝乾隆年间,为了社会稳定、国泰民安,每隔一两年,乾隆皇帝就要去全国各地巡视,检查地方政府的治理情况,了解全国农桑生产。乾隆先后六次下江南,南巡所经之处,游山玩水,题词留名,留下

①秦始皇生日具体为哪天,说法不一,此处取海盐民间的说法。

无数笔墨。同时，借机拉拢汉族读书人做官。

这一天，乾隆皇帝一行坐着豪华的龙船，顺着大运河下江南巡游，随行有千余艘大大小小的船，皇帝和后妃乘坐五艘大船，还征调三千六百多名纤夫，显示天子声势浩大的排场。一路南下来到海盐，乾隆听说海盐县临海，一时来了兴趣，想去看看大海，欣赏海上风景，就命人改道走海路。龙船从金山下海一路往西南，乾隆坐在船里，欣赏着海上美丽的风景，无比激动。这时，乾隆问随行的官员："海盐有些什么历史古迹？"官员说："陛下，海盐有座秦山很有名，当年秦始皇亲自登上秦山寻找长生药。山上还有座秦始皇庙，陛下要不也上去看看？"乾隆点点头。

乾隆想你秦始皇来过，朕也要去看看山上到底有没有长生药。一会儿，乾隆心急地问官员："秦山到了没有啊？"官员说："陛下，你看前面那座山就是秦山，马上就要到了，我们的龙船就到南边海滩上岸。"

秦山刀枪库遗址

　　这时，突然听到从秦山上传来的锣鼓喧天、鞭炮齐鸣、震耳欲聋的声音，热闹非凡。一眼望去，山上烟雾袅袅，仙气腾腾。乾隆忙问："秦山上如此热闹，老百姓在做啥？"旁边的官员急忙说："回陛下，今天是农历二月初四秦始皇生日，秦山当地老百姓正在举办秦始皇庙会呢！"乾隆一听，气不打一处来，十分鄙视地骂道："死了两千年，还摆什么威风啊！"乾隆话音刚落，海面上阴风四起，乌云遮天。瞬时，秦山上凭空飞出无数的刀、枪、箭一起射向乾隆的龙船，把船上的护卫吓得惊恐万丈，目瞪口呆。幸好左右站满武艺高强的保驾护卫，拔出刀剑奋力阻挡，乾隆才算安然无恙。但是，奇怪的是这些护卫阻挡了好久，刀剑上居然没有发出一点响声。大家都说，这是秦山刀枪库里阴兵射出来的呢。因为乾隆皇帝的话冒犯了秦始皇大老爷，阴兵们要教训教训出言不逊的乾隆。

　　此时，乾隆大为光火，怒气冲冲地说："折回，去海宁盐官！"当即下令官兵拨转船头，去盐官啦……

讲述者：王一民

时间：2016 年 7 月 30 日

地点：海盐县武原镇天宁寺西路 5 号

原载《南湖晚报》

神奇的漂松

秦始皇来过海盐秦山，秦山百姓为了纪念他曾亲临秦山，在当年秦始皇颂统一之功德的"秦驻石碑"处，建造了一座秦始皇庙。庙宇规模宏大，大殿青砖红柱、飞檐凌空，庙中还建有钟楼戏台。头殿供奉秦始皇大老爷，殿内塑像金面王冠、神态威严。二殿供奉千手观音菩萨，庙内香火袅袅、梵音缭绕。每年秦始皇生日，善男信女慕名而来。清代吴东发赋诗曰："二月四日春氤氲，始皇庙前人如云。"

传说，当年秦始皇庙前有一棵神奇的松树，高十多米，树径一米多，不知是何时种植，郁郁葱葱、枝繁叶茂、生机盎然，历经沧桑，依然雄风凛凛。因为这棵松树太大，挡在庙前妨碍视线，庙里的老和尚想砍去这棵松树，让庙前开阔敞亮些。

这天，老和尚请来秦山小脚山下村村民张明、林观、松林三个男人，帮助庙里砍树。他们拿来斧头、锯子、绳子，先将绳子拴在树干中间，两人用锯子对着松树猛力一阵拉锯，一人拉着绳子拖。树干倒下，枝叶落了一地，大家松了一口气，坐在地上休息一会儿。此时，奇怪的事出现了，从秦山刀枪库里飞出无数铠甲、刀、箭射向松树处，吓得三个男人惊慌失措，急急忙忙向四处逃窜。

第二天，发生了更奇怪的事情，昨天被截断的这棵松树又起死回生了，和原先的松树一模一样。庙里的和尚不信邪，叫村民们明天继续锯树。可是，他们把树锯倒两回，它起死回生两回，松树依然如旧，树冠茂盛、生机勃勃，像一位顶天立地的英雄。小脚山下的老人们说：秦始皇大老爷发脾气了，这棵大松树砍不得了，是要留下来护庙，保护大老爷的。从此，这棵松树就一直留在庙前。

这样，秦始皇庙前的这棵松树，被人们传来传去传成神树啦！传说，每到夜里松树便会发光，发出的亮光照在秦始皇庙前，光彩夺目，像黑夜里的一束神光。天越暗，树越亮，也有人把这棵松树叫作鬼树。在秦山当地，大老爷显灵的传言就四处传开，来秦始皇庙里烧香拜佛的人越来越多，寺院香火更加兴旺。每到初一、十五，特别是农历二月初四秦始皇生日，庙内外人山人海、香烟缭绕。远在十多里外的邻村老阿太们，也乐意挽个香篮三五成群来庙里烧香，老阿太们烧好香，还要摸一摸这棵神奇的松树，沾点仙气，祈求大老爷保佑身体健康、全家平安。

早前，海盐是没有松树的，松树原产自陕西秦岭，这棵神奇的松树，据说是跟着秦始皇从咸阳漂来的，称作"漂松"，日日夜夜保护秦始皇庙。高大挺拔的松树寓意坚贞、长寿。后来，这棵松树成了镇庙之树，保佑庙里香火鼎盛，也为夏天来庙里烧香的老百姓遮阴纳凉。

20世纪60年代，秦始皇庙被拆除，这棵神奇的松树也不知去向了。而秦山美人坡（秦始皇的一位美人安葬在秦山）上，却突然长出一大片松树林，每一棵松树都修长、挺拔，像一群列队等待检阅的士兵，驻守在秦山。当地传说，美人坡上的这片松树林，是秦朝兵将的化身，保护秦始皇庙，护佑秦山百姓。

讲述者：李小妹

时间：1988年2月8日

地点：海盐县沈荡镇喷湖路17号

原载《南湖晚报》

朱元璋与沈万三

有句话：沈万三"脱光"，朱元璋"穿裘"。朱元璋（又叫朱重八）乞丐出身，从小做过和尚、要过饭，有点仇富心理，做了皇帝，喊出"劫富济贫"的口号。沈万三，又名沈富，江南首富，有"活财神"之称。朱元璋与沈万三，一个是枪杆子，一个是钱袋子。

聚宝盆

沈万三在没有发家前，一天他走过一户人家，看到一个渔翁正要把上百只青蛙杀掉，做成菜。青蛙肉十分鲜美，那渔翁也是抓了几天几夜才抓到这么多，非常得意。可是，沈万三看到要杀死这么多青蛙，心中不忍心啊！他说："渔家，你看，我出高价，买下你这些青蛙，行吗？"那渔翁想：你能出高价，那青蛙肉我就不吃了，毕竟还是换钱重要。于是，把盆里一百多只青蛙全部卖给了沈万三。

沈万三买下一盆青蛙后，拿到一个小池塘边，一只一只全部放生在池塘里。青蛙们跳进水里，还回头不停地"呱呱呱、呱呱呱"地叫起来，好像在说："谢谢你！谢谢你！"感谢他的救命之恩。沈万三想，今天做了一桩善事，便高高兴兴地回家了。

到了晚上，青蛙们又开始"呱呱呱"地乱叫起来，让村里人一夜都睡不踏实，附近人家的女人早上起来在河埠头洗衣服就开骂："昨夜哪里来这么多青蛙，叫得全家一夜无眠，抓起来全部杀了！"天亮时，沈万三连忙要去赶走这些青蛙，怕它们这样叫下去，又要成了盘中餐。却发现青蛙们都奇怪地蹲在一只瓦盆旁边，瞪着一对一对大眼睛朝他看。还"呱呱""呱呱"叫两声，好像在对他说话："拿去！拿去！"沈万三感到十分奇怪，就把这只旧瓦盆拿回家，当只洗手盆也蛮好。

一天，沈万三妻子早上起来梳头时，一不小心把一只银钗掉进这只洗手盆里，便伸下手去盆里取，突然，发现这只洗手盆里冒出了一盆银钗，连忙喊沈万三过来看。夫妻两人越看越乐，又惊又喜，沈万三就拿家里的一个银元宝放进盆里试试看，结果这只洗手盆里冒出一盆银元宝。从此，人们把这只瓦盆称作"聚宝盆"。据说，沈万三靠这只聚宝盆发家，后来富甲天下。

聚宝门

常言："南京沈万三，北京枯柳树，人的名儿，树的影儿。"沈万三，是富人的代名词。南京修建城墙，朱元璋与沈万三谈好，沈万三负责修三分之一城墙。从洪武门到水西门十多里早已修好，而朝廷修筑的三分之二城墙还没完工。一天，发生了一件怪事，眼看正

聚宝盆

南门的城门楼马上就要竣工，突然间轰然倒塌了，工匠们只好从头再来，没想到这次刚建了一半，地基又下沉，反复建造依然建造不起来。

朱元璋得知这件事，便找来军师刘伯温，刘伯温算了一卦说：城墙墙基下有一只食粮兽，需要在墙基下埋一个聚宝盆镇压，以保证城墙墙基不下陷。这事让生性多疑的朱元璋心事重重。刘伯温对他说："皇上，听说沈万三家有一只聚宝盆，要啥有啥，何不向他借用一下？"朱元璋听了心中暗喜，沈万三不是一心想炫富巴结朝廷吗？给他一个机会。

朱元璋找来沈万三，说："沈富呢，为了顺利完成京城城墙修筑工程，朕想借用一下你的聚宝盆。"可是，聚宝盆是沈万三的命根子啊，发家靠它，暴富靠它，哪能说借就借呢？但是，皇帝要借又不能不给，真是进退两难。朱元璋看出了沈万三的小心思，就向他保证说："借一借就还你，今夜将聚宝盆埋入城墙下，明早鸡叫时就挖出来还给你。"沈万三想了想，算了，只借一个晚上，就把聚宝盆借给了朱元璋。

当天晚上，朱元璋立即下令把聚宝盆埋入城门楼下的土层中，然后，派人连夜把南京城的鸡全部杀光。

第二天一清早，南京城一只鸡也没叫，朱元璋心中窃喜，聚宝盆当然不用还了。沈万三却直呼上当，又入了朱元璋设下的套，只能"打落牙齿往肚里吞"。而城墙处，民工们再破土动工，城墙墙基不再下陷，啥事也没有了。最终，这座城墙很快拔地而起，而下面土层中埋着聚宝盆的城门，就叫"聚宝门"啦！

万三宴　万三蹄

朱元璋为了挖掉沈万三这座富矿，处心积虑，多次找沈万三麻烦。沈家有一桌"万三宴"，专门用来招待贵客。朱元璋

万三宴

对沈万三说："听说你家的'万三宴'很有名，朕想来亲自品尝。"沈万三想：皇帝要来沈家，真是令沈家蓬荜生辉的大好事，求之不得。就提早吩咐厨房，采购最好的食材，由厨师长亲自掌勺，用最精致的餐具招待皇帝陛下。

这天，朱元璋带领一群大臣光临，听说沈万三家有个叫"绣垣"的后花园，走一圈要七百二十步，朱元璋一行人便先用一个小时参观沈家这个后花园。小桥流水、假山奇石、亭台楼阁、奇花异草，看得朱元璋妒忌心又上来了，想你这个暴发户，日子过得比我皇帝还逍遥自在，今天一定要好好敲打一下。

一会儿，朱元璋一行人来到装饰得富丽堂皇的沈厅，楠木餐桌餐椅精美绝伦，特别是餐椅靠背上，镶嵌着白色大理石，大理石上画着高耸入云的群山，寓意"背有靠山"。宴席开始，宾客入座，仆人们端上沈家特色万三宴——红烧蹄髈、三味圆、蚬江水鲜、红烧鳝筒、田螺塞肉、红烧鳜鱼、油泡塞肉、农家鳗鲤八道菜肴，还有万三牌十月白酒和万三糕、糖芋艿等点心。头一次和皇上吃饭，沈万三心里紧张啊，一开始皇上这个菜吃一点，那个菜夹一筷蛮随意，吃着吃着沈万三也随意起来。等到酒过三巡，菜过五味，突然，朱元璋若无其事地指着餐桌上的红烧蹄髈问："这个盆儿里装的是什么菜？"沈万三瞄一眼那个菜，冷汗就出来了，那个是猪蹄。"猪"和"朱"谐音，如果说了"猪蹄"，就会冒犯皇上，犯了忌讳是要被砍头的。但是，自己要是不说，犯了欺君之罪，也要被砍头，他都不敢看一眼朱元璋，就低下头，灵机一动，答道："回皇上，这道菜是'万三蹄'。"总算保住了小命。

朱元璋看一计不成又生一计，说："如此完整的万三蹄，你让朕怎么吃呀？"如果正常用刀切开来吃，就是在皇帝面前动凶器，那是罪大恶极。沈万三暗想：反正这只蹄髈在灶里被旺火烧得熟透了，稍微动一下就能散开。他起身用手拔出一根猪骨头，在肉上轻轻划了几下，猪蹄果然散成几小块。沈万三连忙给朱元璋夹上一块肉说："皇上，请品尝万三蹄！"沈万三被吓得身上冷汗直冒。还好沈万三命大，又躲过了一劫。

从此，周庄家家户户逢年过节，家中有喜事都会摆上一桌"万三宴"，寓意团圆美满，而且，蹄髈的肉质软糯，肥而不腻，还能美容养颜。

中国历史上，朱元璋开创了明朝洪武之治，是杰出的君王。沈万三，江南首富，是周庄人代代敬奉的财神。

讲述者：沈水林

时间：2017 年 8 月 7 日

地点：海盐县武原镇新桥路 114 号

土墩出天子

　　从前，有个叫民和村的村庄，地方不大，只有七八户人家，地处偏僻荒凉的地方。村庄边上有一个方圆十米的土墩，土墩上有个凹形，在凹下去的地方，有一间简陋的草棚，朱元璋的祖父朱初一就住在这里。

　　一天，两个道士师徒两人从草棚边走过，年纪大的师父指着这间破草棚说："要是谁死了葬在这个地方，这户人家的后代就要出天子啦！"徒弟问师父："为啥呢？"师父说："这个地方不仅地气暖，而且向阳口风水好，不相信，你等着看吧！"师父随即从旁边捡起一根枯枝条插在泥土里，对徒弟说："十天后，这根枯枝肯定会长出绿叶来。"师徒两人说着打起赌来，等待十天以后再来见分晓。

　　忽然，师父看到破草棚里面躺着一个大男人，原来，那人就是朱初一。师父朝那人叫了几声，那人也不应声，师父就走过去问他："喂！刚才我俩说的话，你听见了没有啊？"朱初一装聋作哑一副傻愣愣的样子，摇摇头，表示他啥也没听到。道士和徒弟以为这人是个傻子，就放心地离开了。

　　再说这朱初一，也是个人精，刚才是在装傻，其实，他把这两个人说的话听得一清二楚，心里喜滋滋的，我老朱家翻身的好日子要来啦！开心得合不拢嘴。

　　接下来，朱初一就天天在枯枝条旁边守着，一天一天等啊等，终于等到了第十天，这根枯枝条正如那道士所说，竟然真的长出了碧绿碧绿的叶子来了，朱初一想，这个秘密绝对不能让别人知道，别人知道了肯定要抢走他的风水宝地。但是，那两个道士肯定还会回来查看，他便偷偷地把这棵长了叶子的枝条拔掉，重新换上一根枯枝条再插上。

这天下午，那两个道士果然又来了，当他俩走到原先插好枝条的地方一看，师父瞪大眼睛不敢相信，怎么还是一根枯枝条呢？徒弟问："师父，上次你说这根枯枝条十天后会长叶子，怎么没有长出来呀？"师父蹲下去仔仔细细看了一下枯枝条，又看看旁边躺着的朱初一，说："原来那根枝条被这个人换掉了，这根是他新插上去的。"道士走到朱初一跟前，再三盘问朱初一，说："人在做，天在看，敢做就要敢当。"朱初一看瞒不过这位高人了，只好承认是自己换了一根新的枝条。道士当即叹口气道："你这样做，风水会被破坏的，知道吗？还好只漏掉一点点王气，不过天子不是你的儿子辈了。"道士又告诉朱初一："看来你是个有大福的人，你死后就葬在这里吧，以后你的后代中会出一位天子！"

从此以后，朱初一牢牢记住了道士的话，关照儿子朱五四，自己死后一定要葬在这块风水宝地上。后来，朱初一死了，朱五四真的把他葬在这里，下葬的时候，周边的土都自动从四面八方堆起来，形成一个坟墩，真是奇怪啊。附近的人都说："这个高墩有出天子的王气！"

过了一年，朱五四的妻子怀孕了，怀的就是后来的朱元璋。元末时局动荡，朱五四带着妻子迁到凤阳，来到盱眙灵迹乡时生下朱元璋（朱重八）。据说，当时朱元璋的王气很旺，使得附近方圆四米的地方不长草木，光秃秃一大片。

朝代更迭，天道轮回。这一年，朱五四生病死了，朱元璋在给父亲送葬抬棺途中，遇到狂风暴雨，一行送葬人难以前行。突然，抬棺材的绳索断落了，棺材落地，按照农村丧俗，棺材落地要就地安葬。此时，朱五四棺材四边的泥土也从四面八方堆拢来，形成一个很高的坟墩。大家都说，这个地方的风水非常好，朱五四竟然葬在九条龙的龙头上，后代必出天子！

朱元璋长大后，虽然历经千辛万苦，却身经百战，死里逃生。最后，终于打败元朝军队，扫平四海，一统天下，当上明朝的开国皇帝，开启大明朝新纪元。

讲述者：王金虎

时间：2015 年 10 月 6 日

地点：海盐县武原镇油厂弄 15 号

朱元璋杀小牛

朱元璋小时候，家里可穷哩，母亲就叫他给东家放牛，这样能有碗饭吃，能活条命。他就一天到晚同一群放牛娃一起放牛一起玩。每天早上，几个小孩把各家的牛牵出来，拴在树上，让它们在草地上自己去吃草，一群小孩跑来跑去玩捉迷藏去了。

一天，几个放牛娃聚在一起比胆量，看谁的胆子最大。邻村的一个放牛娃对朱元璋说："你们东家良心最黑人最坏，剥削穷人是出了名的，人称'人精'。我们村的穷人都在给他做长工，每天从鸟叫做到鬼叫，东家却还经常克扣他们的工钱，一年做到头还是吃不饱穿不暖，日子过得苦来无活头。"小朱元璋听了，非常气愤，有钱人就可以这样无法无天、伤天害理吗？决定要为穷苦人出口恶气。

一个小放牛娃说："看你胆子倒蛮大，有啥办法治治你东家？"朱元璋心想，用啥办法呢？一时也想不出来。他一眼看到东家的小牛正在叫。有了，把小牛杀了，分给大家吃，给这帮穷小子饱餐一顿，还能为村里的老百姓出一口恶气，一举两得，这个办法好。

朱元璋和小伙伴们一起动手，把东家的小牛给杀了，牛头和牛尾巴扔在一边。小伙伴们从附近找来一口大铁锅，几个人分工，一个去搬来枯树枝当柴烧，一个去河边舀水，朱元璋负责斩牛肉。忙碌了两个时辰后，大铁锅里的牛肉煮熟了，香气扑鼻，几个放牛娃坐在地上吃得津津有味。小朱元璋说："我们把剩下的一部分牛肉，分给村里的穷人家，让他们也尝尝牛肉的鲜味。"大家都说好！

小放牛娃们吃完牛肉心满意足，抹了抹嘴巴各自牵着牛回家去了，朱元璋再三关照小放牛娃们："这件事你们一定要保密，否则大家都要吃苦头的！"

剩下一地的牛头、牛尾、牛骨头怎么办？朱元璋坐在地上想办法。他想牛也杀了，回去怎么跟东家交差？灵机一动，把牛头和牛尾插入泥地里，把牛骨头藏在山洞里的茅草堆中，就急急忙忙跑到东家屋里去叫喊："东家！东家！不好了！不好了！你快出来看看，地上裂开一条缝，正好小牛掉进去，出不来了！快点出来看看！"东家一听，跳了起来，连忙跑出来说："不要瞎讲，现在小牛在哪里？"朱元璋说："还卡在山那边呢！"东家跟着朱元璋跑到山脚边，只看见小牛尾巴露在外面，便心痛地用力去拉牛尾巴。这时，地转动起来，越拉牛尾巴陷得越深，很快陷入地下。再跑到另一头去拉牛头，牛头也越拉陷得越深，最后啥也看不见了。财主想：这是老天要收小牛的命啊！只好气急败坏地回家去了……

讲述者：韩其观

时间：1986 年 8 月 13 日

地点：海盐县百步乡五联村

刘伯温寻天子

历史上，明朝的刘伯温和三国的诸葛亮一样出名，两人不分伯仲，民间一直流传这样一种说法："前朝军师诸葛亮，后朝军师刘伯温。"

元朝末年，天下大乱，群雄争霸，刘伯温隐退江湖，四处游历。一天，善观天象的刘伯温，望见杭州城上空的云由西向东南方移动，知道取得天下的真命天子就出在东南方，于是，刘伯温换一身长袍，以占卜相术为幌子，游走江湖，暗中寻访真命天子去了。

先去诸暨拜访隐居在九里山的王冕——元末著名画家、诗人、篆刻家，杰出的大文豪。这天，刘伯温与王冕两人悠闲地漫步在山上一片竹林间，竹子茂盛，一片葱茏，景色秀丽，环境清幽。刘伯温事先叫人隐藏在竹林里放爆竹。"砰、啪！"突然两声爆竹响起，吓得王冕胆战心惊、一脸恐慌。刘伯温看到后，叹息道："胆小如鼠，难成大事。"王冕性格孤傲，鄙视权贵。后来，朱元璋以兵请冕为官，冕以出家相拒。

刘伯温又去海宁寻访名人贾铭——元代养生家，他重侠义，能赈人之急，自有颐养之法。这天，刘伯温来到贾家，正好贾铭家新造的房屋落成，刘伯温进去一看，装修得豪华气派，摆设得整齐优雅。刘伯温故意在地上吐一口痰。这时，贾铭正好从里屋走出来迎接他，发现地上有一块痰痕，马上叫仆人用抹布擦干净。刘伯温看一眼，叹息道："肚量太小，蛮难共处。"

刘伯温　丰国需　画

贾铭是养生之人，非常讲究卫生。

刘伯温郁郁不乐，就去山里找师父讨教，师父相盘一转，对他说："观天象，看云层，如今看来临淮有天子气，你可去那里寻找。"

刘伯温又来到了安徽凤阳县临淮镇——朱元璋的家乡。他感到这里的人与别的地方的人不一样，大街上行走的人都是性格直爽、身体结实的勇武之人，连那些小贩屠夫也神清气爽、神采奕奕。刘伯温想试试这里人的度量，随即走进镇上一家肉店，买了一斤肉，故意要屠夫再多加点，屠夫马上斩一大块肉送给他。刘伯温出了肉店，去大街上给大家看相，发现这里的人都是王侯将相的命。刘伯温赞叹道：天子一定出在此地！不然，为什么跟随天子的人有这么多？

当时，朱元璋还只是个放牛娃。一天，刘伯温路过朱元璋放牛的地方。朱元璋因放牛时间太长太累了，把牛拴在一棵大树上，自己直接躺在旁边地上睡着了。他睡觉的姿势四仰八叉，呈"大"字形，他的放牛鞭正好放在头顶处。看见这个睡姿，刘伯温非常震惊，这不就是一个"天"字吗？他来了兴趣，继续走近朱元璋，随手在地上拔一棵狗尾巴草，在朱元璋的脚底挠痒。这时，睡得正香的朱元璋翻了个身，侧转了身子，弓着身，弯起脚，一只手放在前，一只手放在后，先前放在头顶的放牛鞭也移到了腰间，换个姿势继续睡。本来换个姿势睡是很自然的。但是，刘伯温一看，这不正好是一个"子"字？马上惊出一身冷汗来。把朱元璋前后两次摆出的睡姿字形连起来，不正好是"天子"二字吗？刘伯温仔细看朱元璋的面相，额头上居然紫气萦绕，一脸王者之相。当场断定，此人日后必为天子。

元末天下，东南有张士诚，西北有陈友谅，朱元璋处在金陵，虎踞龙盘，位置很好。后来，刘伯温看时机到了，就出山投奔朱元璋，为他规划实现帝业的宏伟蓝图。最终，朱元璋打败张士诚，歼灭陈友谅，挥师北上，平定中原，消灭元朝，建立了大明朝。朱元璋做上洪武大帝，刘伯温当上明朝军师。

讲述者：韩其观

时间：1983 年 5 月 10 日

地点：海盐县百步乡五联村

刘伯温得天书

　　刘伯温早年隐居在家乡青田时，发现青田的山中有神异现象，于是，他每天对着大山，坐在那里思考问题。幻想有位神人出现，助他一臂之力做成大事。

　　一天，大山突然裂开，出现一扇石门，刘伯温看见，马上快步走进去，看见石壁上写着四个大字："山为基开。"刘伯温拿起一块石头敲打石壁，又出现一扇石门，进去一看，里面有位道士躺在那里，道士正闭目养神，悠然自得的样子，头下枕着一本厚厚的书。

　　刘伯温很礼貌地对道士说："先生能否借得书来让我看看？"道士瞟了他一眼，点头表示同意。刘伯温小心翼翼地拿过书来一看，原来是一本兵书。道士开口说："要是明天一天你能熟读此书，理解透彻，我就把书里的玄机全部传授给你。"刘伯温点头同意，心想终于遇到高人了。

　　第二天，刘伯温孜孜不倦真的熟读全书，去山里还书时，道士很守信用，将书中的玄机全部传授给他。据说这位道士就是青田山里的一位山神。

　　机会总是留给有准备的人。相传，刘伯温少年时，一次在寺庙里借一间僧房静心读书，旁边的一间僧房里住着一位奇怪神秘的人。那人的灵魂每次去外面游荡，房门就锁上了，灵魂出去大概一个月或半个月又会回来。

　　一天，有一位北方的生意人到来，寺院的客房全部住满了，只有这个房间看起来还空着，生意人便敲开门，进去一看，床上躺着一个死人的躯体。生意人对寺院的僧人说："这个人已经死了，赶快拉出去焚烧埋葬了，这间房我要住。"寺院的僧人没办法，只好把这具躯体拉出去焚烧了。

过了几天，那人的灵魂返回了，可是，他的躯体已经烧掉了，灵魂无处安放，他无法复活，每天夜里在寺院里游来游去，叫喊着："我在哪里啊？我在哪里啊？"刘伯温知道这件事后，打开窗户回应说："我在这里，我在这里。"灵魂马上就附在刘伯温身上。

从此，刘伯温比以前聪明百倍，无论天文、兵法、地理、风水，他都十分精通。山神的兵书看一遍就能透彻理解，奇人的天书看一遍就明白，刘伯温最终成为具有谋略和运筹帷幄的治国奇才。后来他成了朱元璋最得力的谋臣，明朝开疆拓土的大功臣。

讲述者：韩其荣

时间：1980 年 10 月 18 日

地点：海盐县百步乡五联村

刘伯温巧救画师

俗话说:"三分天下诸葛亮,一统天下刘伯温。"

朱元璋建立大明朝,对南京城皇宫进行全面装修,新皇帝当然要住新皇宫啦!

一天,装修皇宫的一名画师正在大殿大梁上画画,突然,朱元璋走进豪华富丽的宫殿,手舞足蹈、狂笑不止。画师想,皇帝一定是看到富丽堂皇的宫殿,得意忘形了。画师看得好笑,咳了一声,朱元璋的笑声戛然而止。朱元璋红着脸抬起头,眼神犀利地盯着画师,然后,尴尬地离去了。

画师静下心一想,堂堂九五之尊,竟被我看到了轻狂丑态,那我岂不是要没命了。糟了,这可怎么办?人头落地分分钟的事。听说朱元璋对军师刘伯温是言听计从。晚上,画师就去找刘伯温想办法。画师来到刘伯温家求助,一进门,画师就跪在刘伯温面前,焦急地喊着:"刘大人,救命!"刘伯温忙说:"起来说话。"画师把白天在皇宫里发生的事情详细讲述了一遍。刘伯温听了,想:皇上是个从不轻易露出自己本性的人,别说是一个画师,就是大臣看到他的疯狂样子,也会毫无疑问地被杀死。就对画师耳语一番,叫他明天上午去宫殿继续干活。

第二天,刘伯温装作非常兴奋的样子,去朱元璋大殿上并启奏道:"皇上!臣听说皇上的新殿快要落成了,今天请皇上亲自去巡视一下吧!"朱元璋怕"泄露天机",不好说自己已经去看过了,只好和刘伯温一起再次来到新大殿察看。

朱元璋和刘伯温一起来到新大殿，在大殿内东看看西摸摸，连连赞美，漂亮气派、金碧辉煌、设计巧妙。当两人正要离去时，忽然，听到梁上有人咳嗽，朱元璋抬头望过去，见还是昨天那名画师，顿时沉下脸来，便要问罪。刘伯温见状大声喝问那画师："大胆刁民！为何见到皇上驾到还不跪，还惊扰了皇上！"

那画师好像啥也没听见，继续画手里的画，接着又咳嗽了一下。刘伯温放开嗓子大喊："梁上刁民！皇上驾到，为何不跪？还惊扰了皇上！"朱元璋在旁边被震得早已捂上了耳朵。经过刘伯温惊天动地的喊叫，那人似乎听见了，扭头朝两人望过来，指了指自己的耳朵和嘴，又摆手摇头。刘伯温说："噢！原来是个哑巴，还是个聋子！"

朱元璋高兴地笑笑说："聋得好！哑得好！"最终，画师侥幸逃过一劫，保住了性命。

讲述者：韩其观

时间：1982 年 6 月 17 日

地点：海盐县百步乡五联村

刘伯温的金瓜

刘伯温帮朱元璋打天下，朱元璋得到大明天下，当了皇帝后，特意赐给刘伯温一个"击门锥"，金子铸成，形状像瓜，人称"金瓜"。如果刘伯温有紧急、重要的事情，可以直接用这金瓜敲击宫门，宫门一定得开，不需要一级一级通报给皇帝。这是朱元璋给刘伯温的特权，军师可以随时进殿和皇上对话，商讨国家大事。

旧时，皇宫禁地保卫森严，一般人进去是想也不敢想，就是一些大臣进出也得有腰牌，还要通报。

一天，半夜三更，刘伯温有要事要面见皇上，便来到皇宫大门口用金瓜敲击宫门，宫门一道一道打开，他真是通天之人，一步一步直达朱元璋的大殿上。此时，朱元璋正在和手下人下棋，突然看到刘伯温深夜到来，心想必有大事，就问："先生深夜来此，所为何事？"刘伯温说道："我的心静不下来，睡不着觉。"手下人全都退下，朱元璋马上命人重新摆开棋盘，君臣两人对弈。

过了一会儿，有个太监进来报告："陛下，京城大谷仓发生了大火，火势凶猛，已派禁军去救火。"朱元璋一听，立即要起驾前往火灾现场救火。刘伯温马上阻止说道："皇上，我俩还是继续下棋吧！"朱元璋心急火燎地说："大谷仓是保江山的大粮仓，常言道：'三军未动，粮草先行。'我不能坐而不管啊！军师！"刘伯温又说："皇上莫急，救是要救的，不过皇上您就不要御驾前往，可以先派遣一位宫内使者，坐上您的车子前往现场指挥救火。"朱元璋便按刘伯温所言，安排一位宫内使者坐着皇上的车子去救火。

一个时辰后，火灾现场的人回来报告，那名派遣的使者已经死在车内。这时，朱元璋大吃一惊，马上问刘伯温："先生是如何知道有人要谋害朕，竟然半夜来救朕于危险之中。"刘伯温说："臣昨天上朝，发现有人在宫外偷放信鸽，夜里观看天象，发现众星有怪异现象，故特来奏禀皇上。"朱元璋问："是谁在谋反？"刘伯温说："明日早朝，身穿红衣服的就是谋反者。"

第二天早朝，大臣们站在大殿中央，立在大殿西侧的一名大臣，果然身穿红色朝服，朱元璋马上命人把此人捆绑起来。那人见事情已被发现，马上从袖子中取出吊着的信鸽准备放飞，向外面的同伙传递信号。可是信鸽已经死在袖子里。这伙反叛的人都埋伏在皇宫内外等待信号，正好被一网打尽。

后来，民间画师画的刘伯温的画像里，有一个童子手持金瓜相随，这个金瓜就是朱元璋特别赐给刘伯温的击门锥，曾多次救朱元璋于危难之中。

讲述者：韩其荣

时间：1981 年 4 月 3 日

地点：海盐县百步乡五联村

第三章 地名传说

乌夜村的传说

以前，海盐县南门外（今天一号桥东南）有一个小渔村叫乌夜村，它的来历十分神奇。民谣曰：南门外，乌夜村，群乌鸣，降一女，富贵命，为皇后，朝代迭，命多舛，叶落归根乌夜村，风水宝地出皇后。

夜半群乌啼

东晋时，一天，海边小渔村来了一位叫何准的名士，庐江人，官至散骑侍郎，他们一家人从中原南迁而来。此人学识渊博，有才有谋，就是不愿做官，为啥呢？因为他痴迷佛教，一心向佛，无心仕途。

一天晚上，夜深人静，海风习习，小渔村一片寂静。何准还在家里佛堂上专心念佛，他身怀六甲的夫人已早早回房休息。半夜三更时，突然，何宅上空飞来一群乌鸦，聚集在何家屋顶上"哇—哇—哇"叫个不休，何家人感觉非常奇怪，是祸还是福？何准随即派几个仆人去屋外察看情况，仆人们在何宅周围来回察看几遍，只有一群乌鸦停在屋脊上叫个不停，别的没啥异样。

过了一会儿，乌鸦们好像执行完任务似的又一起飞走了。而房内何准夫人王氏被这群乌鸦吵得心烦气躁，感觉身子有些不适，老仆人黄妈走进房内一看，说："啊！夫人好像要分娩了。"立即跑到佛堂把这事告诉何准,何准一听,马上吩咐仆人连夜去县城请来接生婆。

一个时辰后,接生婆的一阵忙碌后,一位红扑扑、胖嘟嘟的女婴呱呱落地,何准喜得千金,何家上下欢天喜地。老仆人黄妈说:"起先觉得乌鸦的叫声甚是惹人厌烦,谁知竟然是乌鸦提前给何家报喜。"(汉、晋时期,乌鸦为吉祥鸟、报喜鸟,是象征太阳的金乌、神鸟。直到唐、宋以后,报喜鸟逐渐转为喜鹊,乌鸦成了不祥之鸟。)何准方知这是吉兆,因为他一心向佛,就给女儿取名法倪。

一天,有位道士模样的人路过何家,看了婴儿(法倪)的面相后,对何准说:"此女不凡,必为贵人。"

何法倪是伴随着福气降生的女孩,又出生于富贵之家,人生已经赢了一大半。更加难得的是,这位富家小姐长到十五岁,端庄秀丽,亭亭玉立,聪明伶俐,诗书礼仪、描红绣花样样擅长。

何准有个哥哥叫何充,是晋康帝身边的重臣,官至骠骑将军,深得晋康帝信任。晋康帝立储君时,何充竭力举荐司马聃。司马聃即位后,何充因举荐有功,成为新皇帝身边的大红人。晋穆帝司马聃十六岁时,皇太后褚蒜子结束了垂帘听政,开始为司马聃选秀女。因为何充的女儿都已婚,他就举荐侄女何法倪以名家小姐身份去参选秀女,进入皇宫。

又闻乌鸦声

这天晚上,皓月当空。海边何宅上空又飞来了一群乌鸦,在房屋上空来回盘旋,"哇—哇—哇"叫个不休,仿佛在说:"何家有喜!何家有喜!"叫了一会儿,乌鸦们又一起飞走了。

第二天,升平元年(357)八月,晴空万里,霞光满天。何准家接到一道圣旨："秀女何氏法倪，淑慎性成，性行温良，克娴内则，淑德含章，即册封为皇后，钦此！"何准全家跪地接旨，谢主隆恩！何家正是喜从天降。当天，在建邺（今南京）城皇宫内，司马聃与何法倪大婚，法倪被册封为晋穆帝司马聃的何皇后，何准也被封为金紫光禄大夫。

在中国历史上，古代帝王选皇后一般都在几个世家大族内挑选，讲究门当户对，何法倪能成为司马聃的皇后，依仗的是伯父何充位居朝廷宰相，执掌国政。何氏家族位高权重，所以，法倪是以名家小姐册封为皇后。

命运多舛

东晋时期，道教盛行，贵族官僚、上流人士都以服食"仙丹"为荣，用"仙丹"招待客人是最高礼遇，从王宫贵族到世家大族，男人都喜欢服食丹药，以求长生不老。

司马聃与何法倪婚后，因为他每天服食"仙丹"（仙丹含汞），祈求得道成仙，三年后，这位年轻的帝王真的"羽化成仙"，两人却没有生下一男半女。

晋穆帝去世后，何皇后独自居住在宫殿，因为没有子嗣就没有依靠。桓玄篡夺皇位时期，何皇后遭到冷落而被贬。后来，刘裕称帝后把何皇后接回皇宫，此时她年事已高，尝到了皇家的冷酷无情。月落乌啼霜满天，孤身一人无处留，而家乡海盐，是她出生之地，也是她得以进入皇宫的吉祥之地。法倪早立遗言：叶落归根海盐。

叶落归根

东晋元兴三年（404），何皇后去世，终年六十六岁。皇帝遵其遗言让她叶落归根。当时朝廷派出浩浩荡荡的皇家丧葬官船队,护送何皇后归葬家乡。官船到达海盐后,沿河两边遮上白布以示哀悼,后人称这条河为"白布港"。在何宅屋后,为了停靠皇家官船发丧,特地重新开挖一条河,当地人称之为"丧灵浦"。这两条河流的地名一直沿用至今。何皇后被安葬在海盐何宅后花园内,与父母相守。这是海盐历史上唯一的一位皇后,她最后归葬在家乡的土地上。

何法倪从降生到被册封皇后,何家宅居上空出现两次夜半乌鸦啼叫报喜,好像是上天的安排,又好像是冥冥之中的事。因为何家这块风水宝地(后为张元济涉园)两次夜半飞来乌鸦鸣叫,人们就把这个村庄称作"乌夜村"。

今天,历经千年风花雪月,乌夜村早已消失在历史的长河中。但是,有关它的传说故事一直流传至今。明代朱朴有诗曰:"玉貌曾沾帝子恩,故乡环佩葬归魂。千年废寝无寻处,夜月啼乌尚有村。"

讲述者:陈四宝

时间:2020 年 3 月 28 日

地点:海盐县武原镇北大街 102 号

原载《南湖晚报》

马嗥城之战

"马嗥城"原名"吴御越城",高一丈三尺,周围一千一百多米,在距今海盐县南门桥南约三百米处,是春秋时吴越两国相互争夺的一座军事重镇。

公元前510年—公元前475年,吴越两国争战不断,历时三十五年。某一年,海盐地属越国,吴御越城在越国管辖范围内,城头上有越军重兵把守,戒备森严。

吴王夫差为了夺回吴御越城,一天,亲自率领五千大军浩浩荡荡前来讨伐越国。当大军来到城外海边时,突然,天气瞬变,乌云密布,狂风呼啸,一场超级大风来袭,吹得吴军车翻人倒,马也仰天啼嗥。有的士兵直接从马上摔下来受伤。两军还未开战,吴军已马失前蹄,准备攻城的吴军将士惊恐万分,一下子乱了阵脚。

此时,吴王心急如焚,想起夫椒之战,"好风凭借力,送我上青云",而今天狂风呼啸,出师不利,便认为突如其来的巨大狂风,有巫力的影响,为不祥之兆。

这天晚上,吴王夫差偏偏又做了个梦:吴军军营中井水四溢,天上出现扫帚星,大批越军横扫吴军。

第二天一早,吴王紧急召见相国伍子胥曰:"相国,天要亡吴!天要亡吴啊!如何是好啊?"接着讲述了昨晚的奇怪梦境,觉得天助越军,准备收兵撤回。在这万分危急之时,伍子胥镇定自若地说:"大王,此梦为吉兆,应庆贺才对。"夫差不解,伍子胥说:"大王,两军交战,水是最重要的军需,井水四溢,说明吴军军需充足。梦见扫帚星,扫帚星兆示吴军像扫帚一样横扫敌军。"一席话说得夫差信心十足,精神振奋。

伍子胥虽然稳住了吴王担惊受怕的心灵,但针对目前突如其来的自然灾害,自知形势有所不妙。但是,作为身经百战的大将,关键时刻必须坚定信心,笃定前行。他马上集结军队,给士兵们鼓足勇气,只有军心齐,才能打胜仗。伍子胥又根据自己多年征战经验,排兵布阵分析,及时调整作战方案。

第一次开战,吴军士兵在伍子胥的指挥下,采用多种武器攻城,以云梯、冲车、弓箭接二连三进攻,有的士兵架起高高的云梯爬上城墙,和越兵面对面打,城墙上的越军则射下雨点一样的箭,吴军士兵倒下一批,冲上一批。有的吴军士兵推着冲车对着坚固的城门,找准机会撞击。有的吴军士兵拉开弓箭对准城墙上的越兵射击,越兵一个接一个倒下。吴军冲击城门,攀登城墙,城门外战场尘土飞扬,杀声震天。

第一回合,吴军一鼓作气冲锋陷阵,打得越军措手不及。经过一天一夜激烈交战,吴军先胜一局。

接下来两天,吴越两国打得胶着。越军在城内死死坚守,有高大的城墙作掩护,占据优势。伍子胥望着吴御越城,怪自己当年把城墙修得太坚固厚重,而且,城墙外围还修筑一条护城河。今天,城头上越军重兵把守,四座城门越军守得连一只鸟也飞不进去,想攻城困难重重。

常言道:兵马未动,粮草先行。在两军开战后,保障后勤粮草最重要,粮草直接决定战争的胜负。现在这场战争打成拉锯战,对攻城的吴军非常不利。伍子胥在军帐内分析战况:若是吴军七日内未能攻下城,则七日后军中便会物资缺少,粮食将尽,马料断供,士兵也会筋疲力尽,士气不足。

而守城的越军,早在城中囤足粮食,为战时外敌入侵做了充分准备，又有城墙作屏障，占尽优势。越军守城的王将军鼓舞士兵：只要守住城门不被撞开，守住城墙不被吴军攀爬上来，我们就赢了一半，再用时间跟吴军耗下去，我们必胜无疑！

这场争夺战争，打了几天几夜，始终胜败难断，双方都在以命相搏，拼死厮杀。第六天，攻城的吴军冲上一拨人，便被越军用弓箭、石头打下去，越军压得吴军节节败退，吴军死伤惨重，不断有士兵流血倒下。直到第七天，越军凭借天时地利绝对优势战胜了吴军，夫差只好鸣金收兵，灰溜溜地率吴军大败而归。

这场吴越之战，因战前发生诡异大风致人翻马嘈，人们遂把"吴御越城"改称"马嘈城"。这里一直是古海盐的海防前线和军事重镇，防海盗、防倭寇、防敌军的一线战场。

到了晋咸康七年（341），古海盐县城邑山城被海贼孙恩焚烧成一片焦土，县城迁移至马嘈城。因此，马嘈城由一个海防军事重镇转变为县城所在地，成为古海盐经济、政治、文化、军事中心。

唐开元五年（717），由于马嘈城太小，海盐县城最后一次迁移至马嘈城西北三百米的武原镇，至今不变。

讲述者：吴长根

时间：2010 年 11 月 20 日

地点：海盐县武原镇海滨路 45 号

天仙湖

早前，海盐县城西面有个天仙湖，天仙湖前面有一座庙，庙前有三棵高大的银杏树。

当年，有个叫徐平的北方人，因为中原战乱不断，他带着一家老小逃难来到海盐县城外的西面。那时，这里是一大片荒地，杂草丛生，野猫出没。徐平为了在海盐落脚，就搭了个草棚住下来，打算在此安家落户开垦荒地，种庄稼过日子。

一天，徐平在开荒垦地时，在泥地里挖到了一把茶壶，他拿到河里洗洗干净一看，哇！这是把银壶，银光闪闪，特别是壶上的花纹精雕细琢，做工特别考究。徐平想，自己每天垦地口渴，正好缺把水壶，这下有壶烧水喝了。就在河边灌满一壶水，这壶里的水居然马上就沸腾起来。拿起来闻一闻，银壶烧出来的开水好香啊！喝一口，人马上变得神清气爽，喝两口，筋骨舒服，喝三口，感觉身上有使不完的力气，而且，这银壶里的水怎么也喝不完。他给老婆喝，老婆脸色红润有光泽，精气神十足。徐平想：咦！这难道是一把仙壶？

心地善良的徐平想：我是从外面逃荒到这里的，这壶是在这片土地里挖出来的，我要与这里的村民一起喝，就把仙壶里的水分给附近村民，他东家进，西家出，把清香的银壶水倒进一户一户人家的碗里，让大家喝了壶里的水也有使不完的力气，开垦更多的荒地，种上更多的庄稼，大家一起过上好日子。

世上没有不透风的墙。徐平开荒捡到一把仙壶的事情一传十，十传百，传到了北大街黑心财主王得昌的耳朵里。

一天，王得昌把徐平叫到家里，说："听说你在城西开垦荒地时捡到一把银壶，你是外地人，跟你讲，这块地是我家的，银壶是在我家祖坟里挖出来的，这是我家的传家宝，你要把银壶归还我家！"徐平说："银壶是我开荒时从地上捡来的，又没写你家名字，凭啥要还给你？"说完就走人了。

贪婪的财主王得昌一看，明抢的方法行不通，就用阴的。他连夜写了一张状子，里面还包了三百两银子。第二天，王得昌跑到县衙里状告说："徐平在城西开荒，在我家的祖坟里挖到一把仙壶，不肯归还。"县官也是个贪得无厌的家伙，收下了王得昌的三百两银子。

这天，县官把王得昌和徐平一起叫到县衙大堂，亲眼看到徐平带来的这把银壶，县官不停地用手在银壶上摸来摸去，眼红极了，马上灌水进去试，一会儿仙壶里的水自己冒出热气开

新天仙湖

了。县官凑过鼻子去闻一闻，说道："这壶水好香啊！让我先喝一口。"入口只觉清香，香味醇厚！心里也打起"小九九"，动起歪脑筋，就说："我看你俩公说公有理，婆说婆有理，空口无凭，走，带我到现场去看看。"

在场的人跟着一起去看热闹。众人来到城西徐平开垦荒地的地方，县官先问王得昌："你家的祖坟在哪里？"王得昌支支吾吾地说："这三百、三百……"心想：我不是送你三百两银子了吗，你咋翻脸比翻书还快？县官接着又问徐平："你说说看，这把银壶是在哪里挖出来的？"徐平说："就在这里！"县官哈哈大笑道："这里没有坟，王得昌的话不可靠。你们俩都口说无凭，一时也查不清，这把银壶就充公啦！"说完，县官伸手去拿银壶。谁知这壶突然落在地上旋转起来，越转越快，越旋陷得越深，啊呀呀，眼看银壶要旋到地下去了！县官、王得昌两人争先恐后扑上去抢壶，谁也没抢到，银壶越转越快，结果，把两个人一起拖进深不可测的泥潭里，再也出不来啦！

后来，这个泥潭变成了一个很大很大的湖泊，湖水清澈、碧绿，据说，人们喝了这湖里的水，神清气爽，浑身有使不完的力气，用湖里的水浇灌庄稼，庄稼越长越好，年年大丰收。

从此，人们就把这个仙壶旋出来的大湖，称作"天仙湖"！

讲述者：倪洪生

时间：2012 年 4 月 19 日

地点：海盐县武原镇油厂弄 9 号

望珠亭

　　早前，海盐县城西面的盐嘉塘与酱园港交叉处，有一座三环洞石桥。桥东侧有一座供人休息的凉亭——望珠亭，传说是一位行善的读书人建造的。

　　相传，三环洞石桥底下住着一只像船一样大的千年河蚌精，在月明星稀之夜，这只河蚌会跃出水面，吐出七彩珍珠。桥下有一孔泉眼，泉眼里面的水一年四季清澈甘甜，泡出的茶水清香四溢。

　　一个夏天的夜晚，圆圆的月亮挂在天边，田野里凉风习习，有一位叫王安的书生赴县城赶考后回家，途中经过三环洞石桥，当他走上高高的三环洞石桥时，突然，风平浪静的河面上水花翻腾，白浪滔天，河面上跃出一只像船一样大的河蚌。河蚌射出两道白色银光，朝着王安点三下头，嘴里吐出一颗如碗大的圆球，圆球不偏不倚正好落在王安手里。王安吓得惊叫起来，差点掉进河里，当他急忙走下桥摊开手一看，竟然是一颗碗口大的彩色珍珠，他四下看看没人，开开心心地捧着宝珠跑回家去了。

　　王安回到家里，把这件天大的喜事告诉家人，全家人围着彩珠在油灯下看来看去，只见彩珠光滑圆润，五颜六色，闪闪发光，家人欣喜若狂，好运来了，这可是人间罕见的奇珍异宝。可是，王安父亲却说："这宝珠一定是老蚌精修炼千年而成的，赠送给你，你一定要好好读书，考上状元，成为国家有用之才，才对得起蚌精一片好心。"

从此，王安天天在家勤奋读书，有时连吃饭都忘记，"三更灯火五更鸡，正是男儿读书时"。"十年寒窗无人问，一举成名天下知。"这一年，王安终于考中了举人，亲戚朋友、村里的村民都来祝贺，王家人在村里扬眉吐气。

后来，王安当了前景县知县。一天，他休假回乡，走过三环洞石桥时感慨万千：一是叹这桥又高又陡，行人走累了，却连个歇脚的地方也没有；二是想报答当年蚌精馈赠宝珠之恩。于是，乐善好施的王安回到村里和族人商量：由他出资在三环洞石桥东侧建造一座凉亭，方便路人休息。随后发动村里的老百姓出力出工，采购材料，用船运来石头、砖头、木头等，请来泥水、木匠开工。经过半个月，凉亭建好了，四根落地木柱，上面翘角屋顶，里面摆放两排石凳，供路人歇脚、避雨。为了纪念河蚌赠送宝珠之恩，人们就把凉亭取名"望珠亭"。

从此，行人走过三环洞石桥（又叫尚胥桥），累了，就坐在亭子里休憩片刻，如果遇到下雨天，还能避雨，东西往来的过路人方便了许多。后来，三环洞石桥、望珠亭、尚胥庙、胥溪连成一个景点，成为古海盐十二景之一"尚胥怀古"。

明末清初文人彭孙贻《望珠亭泉上眺月》诗："木末危亭倚寂寥，吹箫独上伍胥桥。甘泉飞雪千珠动，华月流天五色消。露白惊乌闻远渚，水明灵蚌吐中宵。何人更抱乘查兴，拂袖银河弄斗杓。"

讲述者：俞阿四

时间：2010 年 6 月 11 日

地点：海盐县于城镇菜场

练浦庙

百步镇横港集镇五丰村，有一座练浦庙，它的历史很悠久。

横港集镇有一条河面开阔的大横港，是古代嘉兴地区一条水上交通要道。在大横港的北面，有一条南北向的练浦港。《海盐县图经》记载练浦曰："浦长且清，形如匹练，故名也。"而吴王阖闾曾经带领五千士兵，在这条河里日夜操练水军，备战越军。因为是练兵的地方，故称练浦。旧时，这里槁壤遍地，广地万亩，是驻兵要塞，吴越战场。后来，在练浦两边逐渐形成一个小集市，名"练浦集镇"。在练浦河西，还有一座庙，名练浦庙。

明代，海盐沈荡齐家村有一望族钱氏，钱家是吴越王钱镠后裔，历代重文崇教，人才辈出。当时，钱家人钱萱是朝廷官员，在广东为官时，因病而客死他乡，夫人孙氏扶钱萱棺梓，万里归葬海盐。旧时，大户人家选墓地十分注重风水。如钱陈群墓地在沈荡韦陀荡，钱微墓地在沈荡三牌楼漾。都在临河港的漾口，风水宝地。为钱萱选墓地时，风水先生相盘一摆，望望相口，对钱家人说："前面不远处是一条大河港，河流蜿蜒，河上商贸船只川流不息，白天纤夫低头拉纤，晚上河面船灯缤纷，日夜交替。此地构筑成'白天千人拜，晚上万盏灯'的佳景，是风水佳城。"钱萱就葬在练浦石臼漾。

一天晚上，钱萱夫人孙氏做了个梦，梦见亡夫钱萱对她说："你要在练浦地界建一座庙，三间埭，供奉各路神佛。"钱萱是沈荡人，墓地葬在人家横港练浦地盘上，故要和当地土地神搞好关系，才不受他们的排挤。孙氏早上醒来，想到亡夫在托梦求她办事，可能在那边遇到困难了。她马上与婆婆说："建造寺庙也是行善积德做好事。"婆婆钱老太太也同意儿媳妇的想法，说："庙要造得大一点，钞票勿要担心，钱家有能力办好这件事情。"钱老太太带上两个仆人，在屋后凉亭下撬开一块青砖，从里面挖出一瓮金元宝，交给媳妇孙氏说："这些金元宝你拿去，造庙的钱全部由钱家来出。"

过了几天，孙氏就请来风水先生来到练浦，庙的位置选定在河西。地基定下后，就请来泥水匠、木匠开工。泥水师傅到六里山上运来石头，木匠去海宁买来木材、砖头等建材。经过两年时间，终于建成了"练浦善庙"。将里面装修一番，买来各种庙里用品后，请各路神佛进殿。当时有六神殿、土地殿、观音殿、蚕花殿等。练浦善庙建成后，钱萱夫人准备在土地殿后面再建一座钱家祠堂。古代大户人家都建家族祠堂安放祖先的神位。当时，在练浦地界上有两位大财主就不服气了，抢先在土地殿后面建造了一座玉皇殿。玉皇殿建成后，孙夫人只好把钱家祠堂建在练浦善庙西侧。练浦善庙建成以后，一直香火鼎盛，香客盈门。后来，钱萱的夫人孙氏被编入光绪《海盐县志》。

旧时，庙在民间是供奉神佛或历史上有名人物的处所，也是行善之人做功德的场所。清光绪二十九年（1903），练浦当地一位有钱人，在练浦善庙内开办练浦私塾。清光绪三十二年（1906），政府在练浦善庙内创办沈荡区第三初级小学。1940年，练浦庙内开办有家庭模范制丝所。练浦地方历来农桑发达、土地肥沃、水质优越，一直是海盐蚕丝业主产区。后来，练浦善庙被简称为"练浦庙"。历史上，练浦庙一共经历了六十二任住持，最后一任住持是王百年。在1963年"四清运动"中，练浦庙被毁，王百年还俗。

一方百姓敬一方神。近年，附近村民又在练浦庙原地基上供奉神佛，每月初一、十五有小庙会，附近来烧香的善男信女，带着香烛糕饼去庙里烧香拜佛，祈求菩萨保佑，前殿、中殿、后殿菩萨众多。练浦庙大型庙会，在农历十一月十一，这天是练浦庙土地老爷诞辰，庙内十分热闹，人山人海、香烟袅袅、梵音阵阵、木鱼声声，从四面八方来的男女老少买了香烛、水果、糕饼等，去庙里上香礼佛、祭拜菩萨。集镇道路两边摆满售卖香烛、衣物、水果、小吃等的摊位，琳琅满目，像一个露天展销会。对于大型庙会，当地人俗称"双十一"。

讲述者：林根良

时间：2022 年 8 月 10 日

地点：海盐县百步镇横港集镇

送子庵弄

沈荡镇中市街与西市街分界处有一条弄，以前，这条弄内有一座送子庵，弄就叫"送子庵弄"。弄长二百五十米，宽三点五米，弄南通大庆桥，北面是海盐二院、沈荡中学，也是沈荡北片农民进城的必经之路，20世纪80年代以前，这里仍是沈荡镇中心。

送子庵弄里流传着两则故事。

早前，送子庵弄内有一座尼姑庵，尼姑庵始建于清乾隆年间，庵内供奉的菩萨是一位大慈大悲、普救人间灾难的观音娘娘，附近老百姓有啥不顺，就去庵内烧香祈求菩萨保佑。

当时，沈荡镇上有一对新结婚的年轻夫妻，男的叫朱才林，女的叫王秀英，结婚好几年仍没有怀上孩子，有的说男的有问题，有的说女的不能生，说得他们夫妻俩又气又急。朱才林的父母更是干着急。这天，王秀英婆婆买了鱼、肉、香、蜡烛、水果、糕点等，来到送子庵内上香礼佛、插烛求子，希望观音娘娘给朱家送子。

过了半年，王秀英真的怀孕了，经过十月怀胎，生下一个白白胖胖的儿子。全家人开心啊！秀英婆婆逢人就说："朱家总算有后了。"人们都说这个孩子是送子庵观音娘娘送来的。送子庵内有金碧辉煌的菩萨神仙十多尊，有观音菩萨、财神爷等。每年的观音诞生日、观音成道日、观音出家日，人们从四面八方前来烧香拜佛，祈求平安健康、五谷丰登。香烟袅袅，人山人海，挤得水泄不通。后来，大家就把这座庵叫作送子庵，庵内的观音菩萨叫作送子观音，因为这座庵在这条弄内，把这条弄称作送子庵弄。

据沈荡镇吴小宝讲，当年送子庵内，还供奉着一尊财神，对于财神，老百姓充满了崇拜、敬意。每年正月初五是接财神日，这天一大清早，沈荡镇上的商家们统一分工，男人们把送子庵里的财神抬出来，从东市街粮站弄出发，一路向西敲锣打鼓到大庙场，给街上的每家商店送上一炷香，寓意生意兴隆、财源滚滚。每家商家店主接上这炷香后，插入自家店铺的香炉里，寓意接五路财神进门。民间把五路财神，分解成和生计相关的五路俗家神仙，即土地爷、马王爷、何仙姑、财神爷和灶王爷。商家祭拜五路神，祈求生意兴隆、财运亨通。接五路财神：商贾祈求东、南、西、北、中五路皆来财；老百姓祈求东、南、西、北、中五路得好运；官员祈求东、南、西、北、中五路官运亨通。沈荡镇以前水陆交通便利，贾商云集，十分繁华。三里一条长街，商店鳞次栉比。

送子庵弄

送子庵内，财神与观音菩萨同住一座庵，实属少见。送子庵弄的东侧，旧时是一户大户人家的院子，晚清、民国时，陈云轩在庵内开办沈荡镇私塾，革命烈士朱聚生等，都曾在该私塾读过书。

　　20世纪80年代，送子庵弄还是沈荡镇南北交通要道，弄口有包子店、理发店、沈荡旅馆等，东面是朝阳商场、新华书店、老轮船码头，西侧有肉店、照相馆、粮管所，是沈荡镇上最繁华的闹市区。如今，沈荡镇向外扩展，送子庵弄显得冷冷清清。

讲述者：吴小宝
时间：1988 年 3 月 16 日
地点：海盐县沈荡镇中市街 102 号

半逻的来历

旧时，海盐县城至嘉兴城七十里路之路程一半的地方，有一个叫"半逻"（又名"半路"）的小集市，关于它的来历还有个动人的传说哩。

很久以前，秋末的一天，八仙之一的吕洞宾驾着祥云云游四方，路过盐嘉塘的塘河边时，天色已晚。他朝四周一张望，这里的农民蛮勤快，秋收都已结束，田里的稻谷也颗粒归仓了，田畈里只剩下一堆堆乱稻草。可是，远处一条田岸上却站着一个"人"还不回家。吕大仙觉得十分奇怪，就立即降下祥云想去看个究竟。噢！原来是个管麻雀的稻草人啊！吕洞宾说："稻谷都收完了，你还站在这里做啥？还不如给老百姓做点好事。"就对着稻草人连吹了三口仙气，咦！真奇怪！这个稻草人马上变成一个小伙子。小伙子马上开口说："吕神仙，您有啥事情啊？"吕洞宾说："你看看这里塘河上没有一座桥，河东边还有个小集市，老百姓来来往往多么不方便啊！你年纪轻有力气，去给塘河两岸的人摆摆渡，做做好事吧。"小伙子说："摆渡可以，但是还要只摆渡的船。"吕洞宾说："船已经给你准备好了，就停在塘河边。"小伙子急忙向塘河望过去，果真有一只小木船停泊在塘河口。小伙子又问："那这个地方叫啥名字？"吕洞宾说："我巡逻到此，还在半路中，就叫'半逻'吧！"因此，附近这个集市就称作"半逻"或"半路"。

这样，这个小伙子天天在塘河上摆渡，每天风雨无阻地把塘东齐家的人运送到塘西，把塘西沈荡的人运送到塘东，方便了两地村民到半逻做买卖。小船摆渡的地方，当地人习惯叫"渡口"。再说，这个塘河东侧的半逻集市，是沈荡地区最早的集市，它与鲍郎、茶园三集市是海盐县最早的三个集市。半逻集市长约六百米，宽两百米，有茶店、食品店、理发店、小吃店、农具店、肉店、鱼行等。

半逻集市西侧，当时还有一个凉亭，叫半逻亭，是专供路人休息的地方。据说，它是汉代一位叫施延的人行善积德借款修建的。塘河东边是一条宽一点二米的古驿道，是供人行走的官道，一般人走到半路，会在半逻亭里休息一会儿，在半逻集市逛逛。

清代宣统元年（1909），半逻集市的塘河边，设有一个临时停靠的轮船码头，站点就叫半逻。由海盐人朱兴郇创办的通济轮船公司，其航线是嘉兴至海盐，半逻是中途一个停靠站，方便塘东、塘西村民去嘉兴、海盐办事。

半逻渡口的摆渡船，从清朝雍正年间开始摆渡，经历了几代船工，一直摆到2000年5月，因为塘河上建造了一座大桥，之后摆渡船就结束了使命。塘河上架起一座公路水泥桥——半逻大桥，塘河两岸的村民欢天喜地，终于结束了几代人出行靠摆渡的日子，新造的水泥平桥上还可以开汽车呢！

当年，半逻集市是一个活水码头，兴于汉，盛于唐、宋、元，败于明末，荒于清初，繁华了几个朝代，最终走向消亡。今天，这里只剩下一座半逻大桥和一条流淌千年的河流——盐嘉塘。

讲述者：吴小宝

时间：1988 年 3 月 16 日

地点：海盐县沈荡镇中市街 102 号

龙潭漾的传说

海盐县百步镇桃北村，在一个叫龙潭廊的地方，有一条南北向的小河叫"龙潭漾"，长一千米，宽六米，河上有一座"车浜桥"。相传，这条小河里曾经出现过一条龙。

汉代时，龙潭漾一带和大横港连成一片，是一处荒草丛生、白茫茫的大水域，住着零零星星几户人家。

一天早上，在龙潭漾边的一个村庄里，一户人家的女主人王嫂，端着一木盆的衣服准备去水边洗。时值夏天，天气闷热，没有一点风。突然，天上乌云翻滚，雷声四起，好像要落阵头

龙潭漾

雨。一会儿，又刮起大风，吹得树枝乱摆，地上灰尘飞扬，让人睁不开眼睛，眼看一场倾盆大雨马上就要来临。

王嫂加快洗衣服的速度，想趁下雨前把一木盆的衣服洗完赶紧回家。突然，王嫂发觉河里的水好像在不停地流动，抬起头来再看看远处的水波，也在移动。今天好奇怪啊！好像哪里在开堰坝，这里的水都在向外流。王嫂马上站起身来东看看西望望，也没看出啥名堂。但是，她心里已经不踏实了，开始紧张起来，一个人在河边害怕遇到鬼怪，衣服也不想洗了，准备端起木盆马上回家。此时，小河里正在移动的河面上，忽然蹿出一只很大很大像马非马、像龙非龙的怪兽，怪兽立在水面上摇头晃脑地摆动巨大的身体，目光犀利地紧盯着王嫂，仿佛在说："你个大胆妇人，竟敢偷看本尊戏水。"接着这只怪兽又"哗啦啦！哗啦啦！"掀起一浪高过一浪的水花，把王嫂吓得目瞪口呆、心惊肉跳、魂飞魄散。王嫂连忙扔掉手里的木盆，丢下衣服，拼命地往家里跑去，心里只怪自己的脚跑得太慢。

回到家里，王嫂已经上气不接下气，喘个不停，老公王良看到她惊恐万分的样子，急忙问她："你洗个衣服，回家像丢了魂灵，发生了啥事情？"王嫂却连一句话也说不出来。过了大半天，她才静下心缓过神来，把在河边洗衣服时看到那只怪兽的样子，一五一十地讲给家里人听。家人怀疑她可能看到河里的鬼怪了，才被吓得神魂颠倒、魂不守舍，叫她在家里休息两天，不要出去了。

从这以后，王嫂眼前经常出现怪兽死盯着她的可怕样子，躲在家里一直不敢出门，好端端的一个人变得不正常了。每天说有人要害她，有时失魂落魄，有时呆若木鸡。原来，她已经被这只怪兽吓破了胆，疯了！有时家人不在，王嫂一个人跑到河边寻找怪兽，嘴里哭哭嚷嚷，看见路人就叫喊："鬼来了！鬼来了！"就这样，过了几个月，王嫂得了一场大病，躺在床上高烧不止，胡话不断、不吃不喝，便去世了。

村里人都说，王嫂是被这只怪兽活活吓死的，她看到的那只怪兽，可能就是古代传说中的龙。那天，可能是这条龙在河里戏水，正好被王嫂看到了本尊，就恶狠狠盯着她吓唬她，把她活活地吓死了。后来，这条小河浜里，再也没有人看见过这条传说中的龙。传说，这条龙无故吓死村妇的事，被天上玉皇大帝得知，玉皇大帝就把它收回天庭，关进天牢，让它反思。

从此，当地人就把王嫂因在这里洗衣服而被吓死的这条小河称作"龙潭漾"，北面与它相连的大河叫作"龙潭港"，旁边的村庄称作"龙潭廊"，河北边发掘的一个大型墓葬群叫"龙潭港遗址"。

讲述者：崔明明

时间：2011 年 9 月 13 日

地点：海盐县百步镇

奶娘坟

海盐县百步镇百联村七房里，有一座月湾桥，在它西北的一片桑树地里，曾经有一座"奶娘坟"，关于它的来历有一个凄惨的故事。

明末清初，百步七房里村坊上，有一户姓徐的人家，出了一名二甲进士叫徐良观。徐良观在北京城里做大官，使七房里村坊远近闻名，村里人更是引以为豪，连地方官员都趋之若鹜。

这位徐进士官越做越大，家业也逐渐庞大起来，他花巨资在老家村坊上建起了五座宅院，大概有一百多间，还在房子的屋脊上装了一对"孵母鸡"。又娶了七房夫人，人称七房里。在最前面的房子前还装上八对旗杆石，每对旗杆石中间有两个孔，升旗时用来插旗杆，每座宅院之间石板铺路。五座宅院错落有致，前低后高，寓意前有朱雀后有靠山。房屋前有一条河，水代表财富，建筑称得上风水极佳。

那么大家要问，徐进士的一处乡下私宅大院，建旗杆石用来做啥呢？这人呐，官做大了，心也变大了，啥事情都要讲排场、比派头。徐进士看惯了京城帝王逢年过节时恢宏壮观的升旗大场面，想自己也是朝中高官，家里逢年过节也要显摆一番，升旗庆祝，以显示他家官大权重八面威风，让地方官员刮目相看，让村民羡慕不已。

徐家在每年春节、子孙出生嫁娶、乡试考中、寿宴等日子，都要升起旗杆，威风凛凛。在升旗杆当日，当地县府的官员都要前去捧场。当站在前面向后看去，徐家各幢房屋的大门两边大红灯笼高高挂起，朱漆大门上贴着红色的对联，地上铺满大红地毯，规模宏大，气势壮观。徐家妻妾成群，老少、仆人在深宅大院里自娱自乐，花厅桌子上摆满酒水、糕点，七房夫人坐在一起吃吃喝喝、听听戏曲，尽情享乐。

话说，这个徐进士为官正派诚实，出身平凡，在朝中也不喜欢拉帮结派。官场上朋友很少，相对孤立。那些京城中一些出身世家大族的朝廷官员，十分鄙视他。

一天，朝中有位王大臣有意问他："请问徐大人，你想做官做多久？"徐进士开个玩笑说："我要做得像一斗芝麻那么久。"那位大臣听了暗暗思忖：若一粒芝麻为一年，那一斗芝麻之数，成千上万，你要做官成千上万年，这不是想要做皇帝篡皇位吗？只有皇帝才能传位给子孙后代，有千年万年的基业。于是，王大臣不怀好意，心生一计，告发徐进士野心勃勃，官位要传代。

第二天上朝时，王大臣向皇帝上奏道："启禀皇上，徐进士野心太大，做官想做成千上万年，妄想篡位，请皇上明察。"皇上一听"篡位"两字，勃然大怒，想你一个小小进士也想篡位，真是造反了！马上下令捉拿徐良观，并命兵部尚书带上人马，立即前往浙江嘉兴海盐百步七房里，把徐家满门抄斩，徐家上百口人，格杀勿论。

官兵一到，徐家老老少少、仆人、长工等上百口人莫名其妙，全部被赶到前面广场上，一个一个砍头。顿时，哭声凄惨，喊声震天，血溅满场。然后官兵又查抄徐家宅邸，将其全部家产没收充公。搜查的官兵还当场放火焚烧徐家五座宅院。大火从前院一直烧到后院，熊熊大火浓烟滚滚、火光冲天，映红了半边天，吓得附近的村民不敢出门。徐家一夜之间家破人亡，这真是祸从口出，徐进士一句话，害死徐氏满门。

常言道：人在做，天在看。突然，天下起了雨，雨越下越大，好像连老天也因可怜徐家而哭泣。大火在烧到最后面一座宅院时，"哗啦啦"的倾盆大雨，竟然把大火全部浇灭了。那些官兵看雨下得实在太大了，人也杀光了，房子也烧得差不多了，便都撤走了。

这时，徐家最后面那座院子里，有位吓得躲藏在柴房里的老奶娘，听见外面没有动静了，慌慌张张东张西望地走出来，当她走过厨房边一扇小门时，发现角落里躲着一个七八岁的小男孩，便一把拉出来说："别怕，不要发出声音来，奶娘带你一起逃出去！"小男孩惊吓得一时说不出话，跟着奶娘轻手轻脚走，两人匆匆忙忙从后院小门逃了出去。也许是老天可怜徐家，给徐家留下一条根。

在古代从事奶娘职业的妇女，大多是一些社会底层之人。这位奶娘自己的孩子生下来就夭折了，老公也生病死了。为了谋生赚钱，才到徐家做奶娘。现在徐家经历一场大祸，家破人亡，她便带上徐家小男孩逃回家。后来，一直把他带在身边抚养，把他改名徐小囡，两人相依为命。奶娘给大户人家做女红，赚钱供俩人生活，再供徐小囡读书。徐小囡也一天天长大，终于凭着天资聪颖和后天勤奋好学，考上了举人。完成学业后，徐小囡在县城谋到一份工作，奶娘又给徐小囡操办婚事，徐小囡成家立业后，一直把奶娘带在身边当作亲娘一样孝敬养老。

又过了十多年，奶娘年老去世了，徐小囡给她料理完后事后，把她安葬在七房里月湾桥旁边的一片桑树地里，并在坟墩上竖一块石碑，写上"奶娘坟"三个字，让徐家子孙后代永远铭记奶娘当年的救命之恩和养育之情。从此，人们把这个坟称作"奶娘坟"。

讲述者：吴玉珍

时间：1980 年 10 月 4 日

地点：海盐县百步乡农丰村大岸头

黄道庙和黄道湖

海盐县百步镇西南，有一条黄道湖（又名鸬鹚湖），河流呈西南东北走向，往东流向上海松江，向西通往海宁硖石。民间素有"七里清沙塘，三里黄道湖"之说。早前，在百步镇农丰村（黄道湖村），还有一座"黄道庙"在黄道湖北。黄道庙庙界东起慈光桥、南至顾王庙(海宁)、西至长生桥钱家荡(海宁)、北至天子堰桥。传说黄道湖、黄道庙的来历与一位黄道婆有关，她是中国著名的纺织家。

每年菩萨生日时，黄道庙大庙会持续三天三夜，人山人海，西大门外庙浜河埠，停满烧香的郎船、香船和戏班船。庙院养有成群的白鸽，寓意福禄平安。庙内花草成片、古树参天。庙南面有个大戏台，时常有上海来的戏班子演出。

宋末元初，一天，黄道湖村里来了一位肩背布袱的老太太，人称黄道婆，她刚从海南归来。黄道婆搭乘一条木船返回家乡松江乌泥泾，木船行经黄道湖村时，船家摇船的木橹断了，乘客们只能上岸投宿旁边村庄。黄道婆借住在村上一户姓吴的农家，当家人叫吴阿根，夫妻俩还有两个女儿，姐姐叫玉芬，十八岁，妹妹叫玉梅，十七岁。

黄道婆住在吴家，看到吴家两姐妹心灵手巧、聪明伶俐，会纺纱织布做鞋子，十分喜欢。江南民间有个习俗：少女有一双巧手，女红样样会，便能求得好姻缘，嫁到婆家后受人尊敬。当时江南地区已经种植棉花，只是纺织业落后，织出的土布质

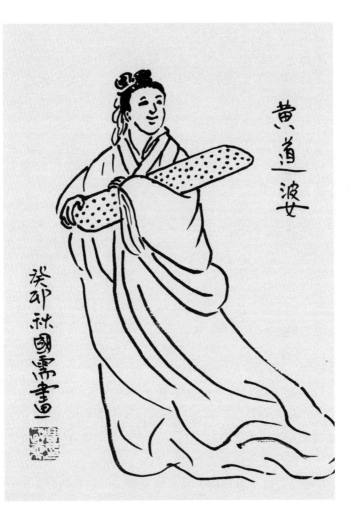

黄道婆　丰国需　画

感粗糙、花色单调，纺织摇车也是老式两锭车。黄道婆就把从崖州带回来的一整套"擀、弹、纺、织"工具拿出来，还让玉芬的父亲阿根叫木匠做一把大弓，把弹棉花的小弓改成大弓。大弓做好后，叫两个小姑娘把家里的棉花拿出来，教她们用绳弦代替线弦，采用椎（槌）子击弦弹棉的方法，这样弹出的棉花肉子均匀又蓬松，擀出的棉条柔软。阿根又叫来木匠，把家里的脚踏两锭纺车改成三锭棉纺车，用三锭棉纺车纺出的棉纱均匀不易断。黄道婆把从海南学到的纺织技艺一样一样教给她们。玉芬、玉梅看到这位黄婆婆善良随和教导耐心，就拜她为师。每天晚上与她一起讨论纺纱方法和织布的花样，不懂就问，虚心请教。冬天，妇女们田里没啥农活做，天天在一起纺纱织布做女红，彼此熟悉了，感情加深了。

一天晚上，大姐玉芬问："黄婆婆你家里还有什么亲人？"黄婆婆说："从小父母死得早，家里没有亲人。"接着讲述了自己苦难的身世。宋朝末年，江南到处兵荒马乱，天灾不断，"人家如破寺，十室九空"。黄道婆出生在松江乌泥泾，由于家境贫寒，很小就失去了亲人，十三岁给当地张家当童养媳，白天下地干活，晚上纺纱，做得比蜜蜂勤快，比牛马还累，但还是会遭受公婆的虐待和丈夫的折磨。

有一天天刚放亮，她就下地去干活，直到太阳落山才回家，拖着疲乏的身体，一进门就躺在床上和衣睡着了。凶狠的公婆回家看到，不问青红皂白，恶骂不止。婆婆还把她拖下床来毒打一顿，丈夫还加鞭助棍，打完后把她锁进了柴房。她再也不甘心忍受这牢狱般的苦难，她发誓，一定要逃出去。

长江岸边的松江没有活路，她便决定弃乡远行。这天半夜，她偷偷地挖穿了柴房屋顶，悄悄地逃出来，奔向黄浦江边，躲进一条很大的商船船舱里。

早上，大船装满货物正要起航时，突然老船主发现船舱里躲着一个小姑娘，大吃一惊。但是，他听了小姑娘的悲惨遭遇和声声哭诉，看着她一身破衣烂衫，满脸血痕泪水，心里还怀揣去海南学艺的志向，便点头答应带她去海南。

到达海南崖州下船，一个小姑娘流落异乡，举目无亲，生活有多难啊！但是，她遇到一位善良热情的海南黎族妇女阿兰。听了她的不幸遭遇，阿兰十分同情她，让她先住在一个道观里安身落脚。当时，崖州种植大片木棉，纺织技术先进，热心的黎族姐妹传授她纺织技术。她刻苦学习黎族语言，耳听、心记、嘴里练，虚心地拜黎族姐妹为师。由于她心灵手巧，善于琢磨，她学会了配色和织崖州被的方法，与黎族姐妹们结下深厚的情谊。

日复一日，年复一年。一转眼，她在海南崖州生活了三十年，丰润的脸上刻下一道道褶皱，因为她姓黄，人们称她"黄道婆"。由于心里始终记挂自己的家乡，她在海南崖州一直没有结婚生子，希望叶落归根回到家乡乌泥泾。最终，她带着海南先进的纺织技艺，搭乘顺道回松江的商船返回家乡，在漱浦港下船，船经六里堰白鹤滩往西在盐官进入内河黄道湖回乌泥泾。听了黄道婆的苦难身世，吴家姐妹对她格外敬重，让她在吴家多住些日子，以便多向她讨教径布、织布技艺。

黄道婆在百步停留半个月，时值冬季农闲时节，村里男人们在田间兴修水利，女人们忙着纺纱织布做新衣。她每天和村里一群妇女在一起纺纱、织布，教会一大批徒弟。黄道湖两岸附近村里的妇女得知黄道湖村来了一位织布娘，纷纷跑来向她讨教纺纱织布的方法。黄道婆不厌其烦地把先进的经布、织布、染色、错纱、配色、综线、挈花的技艺毫无保留手把手地教给她们。织出的杜经布条纹被夹里好像七彩虹，女人穿的格子两用衫、小格子衬衫色彩鲜亮耐看，男人穿的细条子土布衬衣有立体感，还有黑白方格子的包袱布别具一格。这使百步黄道湖、大岸头、长生桥一带的妇女纺织技术大大提高。

　　时间过得飞快，黄道婆要离开百步，乘船回松江乌泥泾。这天，村里的姑娘媳妇纷纷来到船头依依不舍地送别她，吴家媳妇拉着黄道婆的手说："老姐姐，希望你有机会再来黄道湖村，感谢你教会大家纺织新技术，我们有了漂亮衣裳穿、好看被子盖，是你黄婆婆的功劳啊！"百步当地流传一首民谣："黄婆婆，黄婆婆，教我纱，教我布，二只筒子两匹布……"一直以来，这一带妇女特别心灵手巧，都是织布高手，织出的布质感光滑、花色绚丽、面料新颖、远近闻名。

　　黄道婆回到松江乌泥泾，把先进的纺织技艺全部传授给当地妇女，使当时松江产的"乌泥泾"品牌被、褥、带等声名在外，远销南洋。三年后，黄道婆去世。因为她没有后代，松江乌泥泾人民为她举行公祭，还在镇上为她修建一座祠堂——"先棉祠"。

　　百步黄道湖村村民得知黄道婆去世后，为了感谢黄道婆曾经传授给妇女们先进的纺织技艺，在黄道湖村建造了一座"黄道庙"，以纪念这位中国纺织业的先驱者，把庙前那条大河港叫作"黄道湖"。（关于黄道庙的另一种传说：当年有一位药师黄道士，在此治病救人，后人为了纪念他，建造了黄道庙。）

讲述者：吴玉珍

时间：1980 年 10 月 4 日

地点：海盐县百步乡农丰村大岸头

谢婆桥

　　早前，在海盐县城北东路与谢家之间的西河滩上，有一座谢婆桥。关于它的来历有一个历史故事。

　　北宋"靖康之变"后，宋徽宗第九个儿子康王赵构，于1127年在南京应天府即位，建立南宋政权。金国为消灭新生的南宋政权，再次挥兵南侵，欲除掉赵构。赵构开始了长期的逃亡生涯，并在历史上留下"逃跑皇帝"的诨名。

　　金国金兀术带领大批金兵，一路追杀到江南，赵构便一路向南逃难。一天，赵构逃到了海盐城北的西河滩北边，身后金兵大队人马厮杀而来，杀声震天。赵构一看，后面乌压压一群追兵越来越近了，前面却是一条白茫茫的河，河上没有一座桥。赵构已经气喘吁吁，疲惫不堪，心急如焚。正在紧急关头，抬头一看，小河里有一条小木船，船上一位老妇人正划着船在撒网捕鱼。赵构一边叫喊一边招手："船家行个方便，渡我过河去！"船里的那位老妇人看到岸上有人在向她招手求助，好像很着急的样子，又听到北面战马嘶叫夹杂人的叫喊声，想：不好，岸上那位穿着一身锦衣绸缎的男人，一定是一位落难贵人。

　　老妇人快速把小木船划向北岸边，小船一靠岸，赵构慌忙跳进小船。老妇人说客官坐稳，马上调转船头，双手划起船桨，船像利箭一般驶向河对岸。赵构刚坐下，惊魂未定，金兵大队人马已追到西河滩北岸，金兵一到河边，望河兴叹，看着远去的小木船，气得直跺脚骂娘，直呼晚来一步。真是：人算不如天算。

一会儿，老妇人将小木船划到河南岸，赵构上岸后马上付了银子要走。这时，老妇人说："客官且慢，换上一身衣服走路方便一些。"马上从船舱里拿出一套男式旧衣服，让赵构换上，将其打扮成农民模样。赵构对老婆婆千恩万谢，急忙问道："老婆婆，这里是什么地方啊？"老妇人回答："这里是海盐西河滩。"并告诉他，往南面直走有一条钱塘江大得很，江上没有一座桥，是条"断头路"，客官你要往西南方向去才对。赵构听了，"嗯、嗯"，连连点头，当场谢过老妇人，就按老妇人指的路线继续向西南方向逃命……

再说，赵构在南宋初，一直过着颠沛流离的逃亡生活，民间流传有康王逃难的许多传说。直到绍兴二年（1132），他终于在临安建立了南宋王朝，是宋朝第十位皇帝，即宋高宗，南宋开国皇帝。

赵构在临安做了皇帝后，在皇宫内常常回想当年逃难的经历，想起在海盐遇到那位救命的老婆婆，感恩患难中得到贵人相助。常言："滴水之恩，当涌泉相报。"为报答救命之恩，赵构特意派人来到海盐，寻找当年那位救命恩人老婆婆，可惜老人已经不在人世了。于是，他就命人在西河滩上建造了一座小石桥，纪念这位老婆婆当年的救命之恩。桥名"谢婆桥"，旁边的村庄叫"谢婆村"，村里的一条小弄叫"谢家弄"。谢家弄至今仍在。

讲述者：吴阿仁

地点：海盐县武原镇东门村

原载《南湖晚报》

冯夷桥

沈荡镇西市冯夷西街青龙漾上，东西横跨一座三孔双墩石梁古桥，名冯夷桥。

冯夷桥，建造年代不详，重建于民国二十五年（1936）。老石桥采用花岗石与太湖石建造，全长二十八点七米，宽二点五米，中孔跨径六点五米。桥栏上雕有十一对望柱，桥面中间耸立一对石狮，一对石象。石狮侧身转首，对着桥面，两两相对，好像在亲切交谈什么。一尊石象双目凝神，注视桥面，另一尊石象却昂首挺胸，仰望远方，像在守护一方圣地。四只石兽神

冯夷桥

态各异、栩栩如生、雕刻精美，它们镇守在冯夷桥上，倾听桥下流水潺潺，保护桥上来来往往的行人。

枕涓涓江南之水，溯悠悠历史之源。沈荡镇，以前是海盐县第二大镇，商业繁华，经济发达。民国时期，经济一度超过武原镇。商业鼎盛时，有"东市有木行，中市有钱庄，东西两爿当，还有三十六爿稻米行"之说，很早镇上就有商户在上海开店经商。

相传，沈荡镇上有一位姓冯的老板，在大上海做酱园生意，由于经商有方，生意做得顺风顺水，积累了丰厚的财富。一年年底，在冯老板收业务款时，有个客户欠了他钱款，说没钱还债，只能用一座石桥抵债，冯老板爽快地答应了，就命人把上海那边抵债的一座石桥拆下来，准备装到家乡沈荡。从古至今造桥修路，民间认为是行善积德做善事。

石桥装到沈荡，冯老板在沈荡镇上东看看西望望，桥安装在哪里好呢？最后，与镇上商会会长商量，镇西青龙漾上还没有一座桥，人们来往上街只能用一只摆渡船，很不方便。于是，决定把这座石桥安装在镇西的青龙漾上。冯老板请来一班石匠，开工造桥，把原来老桥的石头一块一块铺上去，按石桥原样建。经过一年多，桥建好了。上海是中国最早开埠的城市之一，所以这座桥造得与别的桥不同，十分洋派，桥上还有镇邪石兽——一对石狮，一对石象，相当于是守桥的警卫员，使外面的游魂野鬼不得入境，有镇妖、辟邪之意，大象代表和平，取"和平有象，天下太平"之意。

这是有关冯夷桥的第一个传说。

有关冯夷桥还有第二个传说。沈荡，旧时地势低，水荡连片，老早称"沉荡"，人们容易溺入水中。青龙漾是个三岔漾口，喷湖向西流向横河（大横港），向东流向盐嘉塘，青龙漾在喷湖三岔口交汇处，是河水流速很快的险要之处。传说河里有条小青龙时常出来闹事，小青龙卷起巨浪危害百姓，经常把过河的摆渡船掀翻，造成船翻人亡。一年，官府划出一部分资金，镇上老百姓、商户捐款一部分，共同出资，在青龙漾上建造一座石桥，桥以河神冯夷命名，名"冯夷桥"，寓意河神镇青龙。传说冯夷是负责管理河川的河神，百姓祈求河神冯夷保佑行人平安。许楼山《沈荡杂吟百首》云："绿水南来又岔开，冯夷桥跨在河隈。金家东院梅香溢，夜夜河神引上来。"

今天，冯夷桥仍然耸立在青龙漾上，像一位历经沧桑的老人。关于它的来历的这两种传说，无论是富商冯老板造桥，还是官府与老百姓共同造桥，都是行善积德做好事。功在当代，惠及子孙。

讲述者：吴小宝

时间：1987 年 10 月 21 日

地点：海盐县沈荡镇中市街 102 号

秀才桥

百步镇逍恬村，有一座秀才桥，关于桥的来历有个有趣的故事。

早先，村里有个张秀才，聪明好学，考取功名却不愿意离开家乡去外地当差，还喜欢舞文弄墨装斯文，却只能在村民面前卖弄学问。

有一天，张秀才吃完午饭，又出门去溜达，走到村头的石板桥上，这桥不长，却十分狭窄，仅够一人通行。张秀才正想过去，却看见对面有一位农夫打扮的男人迎面走来，手里拿了一只大篮一只小篮。张秀才眼珠子一转，顿时，又诗兴大发，摇头晃脑地装着腔调说："大篮也是篮，小篮也是篮，小篮放到大篮里，两篮合一篮。"

那农夫不认识他，听清这秀才在说自己，也随口和了一句："棺材也是材，秀才（材）也是才（材），秀才（材）放到棺材里，两材并一材。"

秀才桥

张秀才一听来气了，心想：我堂堂秀才，肚里有文才，你一个目不识丁的农夫也敢愚弄我，我今天就要让你见识见识读书人的学问！张秀才又说："春读书，秋读书，春秋读书读《春秋》。"

农夫看了看自己篮子里的东西，对了句："东当铺，西当铺，东西当铺当东西。"咦！对得怪工整的！

张秀才暗暗吃了一惊，他定了定神，不服气啊：好一个乡野村夫，竟想要和我比对。又出了个上联："午朝门外排两行，文文武武。"

谁知那农夫随口又对了句："十字街头喊一声，爷爷奶奶。"

张秀才听了十分生气：我考上秀才，是因为十年寒窗苦读书，你一个乡下种田人也能对诗？心里非常不服气。抬头一看，周边田野里盛开着一片金灿灿的油菜花，便又出了一个上句："油菜开花似黄金遍地。"

那农夫抓了一下脑门，又随口答道："高粱结籽如臭虫一窝。"

想不到这农夫真是有点歪才啊！张秀才为了顾全自己读书人的面子，又出了一联："天生神才子。"

农夫马上又对了句："地死鬼你爹。"

张秀才听了气得浑身直抖，满脸通红地指着农夫："你，你，你……"气得话也说不出来。

农夫马上提着篮子说："让，让，让……"趁张秀才发呆，赶紧走过，留下一句："土里刨出金银铜，要啥有啥无穷尽。"

张秀才嘴里喃喃着农夫说的这句话，想了半天都对不出下联！满脸通红，只好夹紧尾巴走人了。

从此，人们就把这座小石桥称作"秀才桥"，讽刺这位饱读诗书的秀才，其文才不如一位目不识丁的农夫。

讲述者：徐金金

时间：1985 年 10 月 4 日

地点：海盐县百步乡张桥村

原载《南湖晚报》

六部大桥

海盐县百步新升村吴家浜西面，有一座六部大桥，横跨百步亭港，据说当年这座桥建造时可是惊动清代朝廷吏部、户部、礼部、兵部、刑部及工部六大部，实属罕见。传说，这桥与清朝一位文渊阁大学士陈元龙有关。这里先有一座陈坟，后建六部大桥。

清朝乾隆年间，盐官镇上在朝廷为官的大名鼎鼎的陈元龙，年事已高，家人准备请人给他挑选一块好墓地，就请来当地有名的"千里眼"风水先生踏看地形。

一天，"千里眼"手里拿个相盘，肩上背只阴阳黄布袋，在盐官镇上东看看西望望，走到一座石桥上，从袋里摸出两把笼糠撒入河里，嘴里念念有词。笼糠顺着河水，一直往东漂啊漂，漂到百步亭港一个叫六部墩的地方，突然停了下来，在原地转来转去，风也吹不走。风水先生拿出相盘一看，前面一条大河港，水代表财，后面一片大田野，视野开阔，果然是一块难得的风水宝地，随行的陈家人一看确实是块好地方，就这么定下了陈元龙的墓地。

过了几年，陈元龙去世了，乾隆皇帝暗中下令按皇家规制下葬陈元龙。陈元龙的墓穴宏大，高约五米，周长约三十米，墓前有石马、石羊、石象、石翁等守护，墓内随葬品金银财宝、玉器玛瑙数也数不清。当时，摇船过来送葬的官船从百步亭集镇排到六部墩，场面浩浩荡荡，非常壮观。

六部大桥

再说，六部墩这地方三面环水，水路方便，进出陆路只有一条。皇帝又命朝廷六部共同出资，在陈坟前面建造一座大桥，方便陈家人来祭扫墓地，也便于附近百姓出行。

建桥的事就这样定下了，由清朝廷吏部、户部、礼部、兵部、刑部和工部六部共同出资建造。这笔特定款项拨下来后，当地主事者就开始进石料，请石匠算河面尺寸，将需要的材料写好清单，大兴土木开工建造。经过三年建造，横跨在百步亭港上的石桥终于竣工了。由于是朝廷六部共同出资建造的桥，故将其命名为"六部大桥"。人们把六部大桥和陈坟称作一个地点。这桥也是托陈元龙的福而建造的，方便当地人南北出行。当地民谣："阁老陈，人地灵，石生象，列队迎，阁老墓，傲苍穹，六部桥，朝廷建。"

其实，陈家与乾隆皇帝有说不清道不明的关系。相传，陈元龙本来是海宁一位大盐商，康熙年间入朝为官，与雍亲王一家关系很好，常有来往。一天，雍亲王王妃与陈元龙夫人同年同月同日分别生下孩子，雍亲王让陈家把孩子抱到王府看看，庆祝两家诞下子嗣。谁知，陈家送过去的是个男孩，抱回来时却变成一个女孩，据说那男孩就是后来的乾隆，女孩就是抱回陈家的九小姐。陈家当然非常气愤。但是，有啥办法，人家是当今皇族，只好打落牙齿往肚里吞，自认倒霉。

海宁盐官陈家号称"江南第一世家"。乾隆皇帝对陈元龙堪称圣眷隆盛，陈元龙做过太子太傅、文渊阁大学士、礼部尚书转工部尚书，人称"宰相"。清代两朝陈家出了三十二名进士，可谓"一门三阁老，六部五尚书""江南第一家"。如此，乾隆为陈元龙建墓造六部大桥便合情合理啦！

今天，陈坟早已消失得无影无踪，只有陈坟前面的六部大桥（改造成水泥桥），仍然屹立在百步亭港上。

讲述者：吴金林

时间：1985年1月18日

地点：海盐县百步乡新升村

桥洞还珠

海盐县城西盐嘉塘与酱园港交叉口，以前有一座三环洞石桥，东西横跨酱园港，原名"尚胥桥"，建造于元代大德三年（1299），据说是为了纪念伍子胥与其哥哥伍尚而建造，因石桥有三个环洞，当地人习惯称作三环洞石桥。

相传，早先三环洞石桥东桥堍住着一位叫冯本的财主，冯家有良田千亩，房屋百间，长工用人几百人。他家的大石砣就在三环洞石桥边，是冯家人淘米洗衣的地方。冯家有个烧饭丫鬟叫小方，聪明、勤劳、能干，淘米烧饭、扫地洗碗、烧火拎水样样会做，是厨房老仆人王妈的好帮手。一年四季无论寒冬腊月，夏日炎炎，刮风下雨，小方每天一大早都去河埠头淘米烧早饭。

一天早上，天蒙蒙亮，小方起床后，拎只装米的淘箩去河埠头淘米，一不小心，把一些米粒撒落在河埠头条石上。因为急着烧早饭，掉下的米粒她捡也不高兴捡，便直接回厨房了。

第二天早上，小方和往常一样，天未亮就起床，用淘箩舀好大米，拎着去河埠头淘米。她走到条石上，刚蹲下身来准备淘米，却发现昨天洒落米粒的地方出现了一堆银光闪闪的东西，捡起来一看，啊！竟是一颗颗白色珍珠。她喜出望外，小心翼翼地把这些珍珠一颗一颗捡起来，放进口袋，今天运气真好，捡到宝贝了。昨天的米粒变成珍珠，聪明的小丫鬟觉得好奇怪，就有意再在条石上撒些米粒。

三环洞桥——朱俣摄于1937年

第三天早上，小方又去河埠头淘米，却发现桥洞下河里有一只很大很大的河蚌正在向她游过来。突然，河蚌嘴里吐出一颗鸭蛋大的珍珠，正好射落在小方的淘箩里，河蚌朝小方点点头随即沉入水里不见了。小方开心得差点跳起来，自己真的捡到大宝贝啦！但是，聪明的小丫头知道，这种事情不能多说，一直瞒着东家和王妈。这样，小方身边渐渐积攒了很多珍珠。

一转眼，中秋节到了，财主冯本为了向四邻八乡显示有钱有势的派头、飞扬跋扈的气势。每年中秋节，都会邀请各路宾客来家里赏宝，大摆宴席。这天中秋节，冯家又张灯结彩，宾客盈门，地方官员、当地富豪士绅、各地商户、亲朋好友都来祝贺。

冯家为了炫耀，把家里所有奇珍异宝全部拿出来摆放在大厅柜子里，一件一件展示给宾客们欣赏。冯本母亲冯老夫人更是把珍藏多年的大珍珠也拿出来，宾客们看到大珍珠，人人称赞冯老夫人的珍珠不仅大，而且光滑、圆润、色泽、品相一流，无与伦比！

正当大家津津乐道之时，站在一旁的丫鬟小方却窃窃私语道："老夫人的珍珠还没我的大呢。"这话正巧被老夫人听到了，引起了冯老夫人和王妈的怀疑：想不到你这小丫鬟也有珍珠？于是，冯老夫人把小方拉到一边，反复追问："小丫头，你的珍珠哪里来的？是不是从我房里偷来的？"小方说："没有的事，是我自己的。"老夫人又说："一个穷丫鬟能有珍珠，笑话！如果你不说出珍珠的来路，就把你关起来吃家生（打人）！"小丫鬟被吓得一时胆战心惊、六神无主，只好把河蚌送她珍珠的来龙去脉全部说了出来。

财迷心窍的冯财主，得知丫鬟小方得到大珍珠一事，心里一百个不服气，我冯老爷可是海盐一霸，要风得风，要雨得雨，怎会不如一个小丫鬟？就督促小方每天去河埠头，为他用米粒向河蚌求得更大的珍珠。可是，说来也奇怪，任凭小方天天去河埠头撒米，还向河蚌苦苦哀求，条石上却再也没有出现一颗珍珠。这事彻底激怒了冯财主，他说："天下哪有我冯老爷办不到的事情！"便站在河埠头对着河水发誓："我要把三环洞石桥下的河水抽干，看你老蚌精还能躲到哪里去？"

这天，冯财主搜肠刮肚想出个歪主意：在酱园港筑起南、北两座堰坝，在三环洞石桥边装一部水车，命家里几十个长工白天黑夜踏水车抽水，长工们人人踏得筋疲力尽，可是水还是抽不干。冯本又施一计。他在桥上设卡，十分霸道地说："三环洞石桥是我家的，谁要从这里经过，必须踏半个钟头水车！"因为三环洞石桥地处海盐西部交通要道，是西部农民进出海盐县城必经之路。人们都知道冯家财大气粗，上通朝廷下达县府，走过的人只好忍气吞声出点力气，踏上半小时水车，好快点过桥去县城办事。但是，水车连续抽了七天七夜，桥下的深水潭还是抽不干。贪婪的冯财主气得直骂老蚌精跟他作对，只好无可奈何地放弃抽水得宝珠的美梦，硬是把丫鬟小方的大蚌珠抢去占为己有……

万物皆有灵性。老河蚌也是善恶分明，财富不施恶人的。如今，三环洞石桥早已消失得无影无踪，而洞桥还珠的传说却一直流传至今。

讲述者：俞三男

时间：1986 年 5 月 30 日

地点：海盐县于城乡集镇菜场

第四章

风俗传说

雄黄的来历

　　中国端午节习俗很多：饮食习俗、娱乐习俗、信仰习俗。其中饮食习俗，端午吃"五黄"——黄鳝、黄鱼、黄瓜、黄泥蛋（咸蛋）及雄黄酒，一直流传至今。而关于雄黄的来历还有一个神奇的传说。

　　很久以前，有个叫姜村的地方，村民田少地少，十分贫穷，吃了上顿没下顿。一天，全村人聚集在一起商量，如何才能摆脱贫穷，过上吃饱穿暖的日子。村里有个叫阿六的男人经常去外面跑码头，头脑灵活，消息灵通。他说在遥远的天边有着无数宝藏，要是能去那里捡到宝就发财了，要不大家一起去碰碰运气？村里的男人们摩拳擦掌，跃跃欲试，推举村长姜一龙组织一下，想去的人自愿报名。村长先把报名的人组织起来，而后派四个男人去邻村借来一条大木船，大家准备一起去天边寻宝啦！

　　第二天一早，村民们各自带上干粮、衣服、水等，在村长的带领下向天边出发啦！他们在海上漂流了七天七夜，大海上有时风平浪静，霞光满天，这些人好像在周游世界，开心得尖叫起来；有时候浪高水急，大木船被一个大浪拍打过来抛到空中，大家胆战心惊、哭爹喊娘。

　　时间一天天过去，大船在海上航行半个月了，船上带的粮食都已经吃光了，天边还没到达。大木船行驶在大海里，幸运时大家抓上几条鱼烧烧充饥。突然，阿六看到前面有一个小岛，大木船靠岸，村民们上岛找些野果子吃，休整一天，继续赶路航行。这样时间长了，船上许多村民开始发起牢骚来，早知道这么远就不来了，现在叫天天不应叫地地不灵，天边到不了，家也回不去，进退两难。

这时，站在船头上的阿六说："你们看，前面好像就是天边，我们有救了！"村民们一听，挤到船头一起眺望，好像真的到了天边！两位村民快速把船摇过去，船靠拢上岸。原来这个小岛就是天边。村民们高喊："我们来了！天边！"可是，天边只是乱石遍地，地上光秃秃不长一棵草，哪里是人们传说中的遍地金银宝藏？村民们在岛上转了几圈，地上黄石满地，啥宝贝也没有捡到。村长说："我们来一次天边也不容易，就捡几块黄石回去，做个纪念也好。"大家跟着村长，人人捡了几块黄石扔进船舱里，按原路返回，只好扫兴而归。

一路上，船路过小岛就停靠，好让大家上去找野果充饥。一天，突然天空乌云密布，雷声隆隆，下起瓢泼大雨，又刮起十级以上大风。这时，村长说："快把船摇到前面那个小岛去，靠岸去岛上躲一躲风雨。"船摇到小岛那边，停在一个漾口，阿六用绳子把船拴在树上，船上的人全部跑到岛上躲避风雨。

一会儿，雨停了，风小了，大家把换下的湿衣服挂在树枝上吹吹干。这时，树林里走出一位漂亮的姑娘，杨柳细腰，大眼睛，柳叶眉，樱桃嘴。她对村民说："你们快点走，你们的船不能停在这里。"村民想：这么风大雨大的天气，现在开船走，不要命啊！还是在这里住一晚再说。大家肚子也饿得咕咕叫，便不去理睬那位姑娘，各自去岛上寻找野果子吃。一会儿，那姑娘又来催："你们快点离开这里，不能在这里过夜。"

村长叫大家坐下来，一起商量是走还是留？村民王明说："现在大海上风急浪高，怪浪环生，又是夜里，开船航行看不清方向，遇到礁石还要触暗礁，危险得很。"另一位村民吴林法说："岛上比大海上肯定要安全，风再大，人也吹不到海里。"还有村民说："下大雨刮大风天气，这是天留客，还是在岛上过一夜再说。"人们七嘴八舌说了一大堆不走的理由。村长听取大家的意见，决定先在岛上过一夜，明天再开船回家。于是，大家人靠人席地围坐在一起，身上盖上从家里带来的旧被单睡觉了。

第二天一早，村民们一觉醒来，天晴了，雨停了，却惊奇地看到岛上躺满了半死不活的蛇，有小蛇也有大蛇。村民吓得尖叫起来，惊慌失措。这是咋回事啊？昨天还好好的，过了一个晚上，多了这么多死蛇。这时，一位眼尖的村民看到了昨天跟他们说话的那位姑娘，也变成一条五彩斑斓的美女蛇，正趴在地上有气无力地说："这里是个蛇岛，我们是蛇类，你们船上带的黄石是雄黄石，熏得我们这些蛇兄、蛇弟、蛇姐、蛇妹们都快没命了，求求你们赶快离开吧。"村民们一听，那几块无意捡来的黄石竟然具有这么大的威力。大家马上收拾东西上船离开，继续开船回家。

村民回到家里这天，正好是农历五月初五端午节，江南地区天气转暖，"五毒"开始出没，大家想起那位蛇精姑娘的话——从天边带来的雄黄石有驱毒、除妖、保平安的作用，就把带回来的雄黄石先磨碎成粉，再分给村里每家每户。有的人家把雄黄粉撒在家里角角落落，驱除蛇虫百脚，有的人家往雄黄粉中加水弄成泥状，然后在孩子额头写个"王"字，"王"字有老虎一样的王者风范，寓意驱邪防病，保佑孩子健康成长。人们把雄黄粉加入黄酒里做成雄黄酒（含汞，有毒），喝一口避邪、驱毒。原来，雄黄是一味药材。

现在，每年农历五月初五端午节，我国将其定为爱国卫生日，全民大搞卫生。海盐民间用雄黄驱除毒蛇、蜈蚣、蝎子、壁虎、蟾蜍"五毒"。端午日大人吃雄黄酒（以黄酒代替），在小孩子额头涂上雄黄粉，或画个"王"字的习俗，一直流传至今。

讲述者：李卫卫

时间：2011 年 8 月 27 日

地点：海盐县武原镇阳光小区

养媳妇吃豆腐

海盐农村，一直流传着一则养媳妇吃豆腐的故事。

早前，海盐县城有个王财主，家里财产多得很，不仅乡下有田地几百亩，还在城里经营一家规模不小的酱园。只是他为人过于精明算计，夫妻俩守着偌大的家业，膝下却一直没有一儿半女。王财主心有不甘啊！偌大的家产怎么能后继无人呢？为了得子，王财主夫妻两人求神拜佛。每月初一、十五去天宁寺烧香，求菩萨保佑送子来。还请来县城名医给王财主老婆把脉诊断，王财主老婆服用了很多中药。

功夫不负有心人。王财主在五十岁那年，终于得了一个儿子，这可开心死了财主和财主婆。儿子出生后，他们赶紧买来高香、大蜡烛、糕饼、水果等到天宁寺烧香还愿。

时间过得蛮快，王财主的宝贝儿子在奶妈的精心照料下已经九岁了。看着聪明可爱的儿子，人称"人精"的王财主，又开始盘算起儿子的婚姻大事。

这一年，海盐闹灾荒发大水，不少穷人逃荒要饭，还有的穷苦人家被逼得走投无路，卖儿卖女，希望给儿女求得一线活命的生机。精明的王财主觉得捞便宜的机会来了。在豆腐店李老板的介绍下，王财主只花了六两银子，就买回一个只有六岁的黄毛丫头，准备给儿子当童养媳妇。

这个黄毛丫头，因为家里实在太穷，长期营养不良，显得面黄肌瘦，但天生一副清秀、机灵的模样，尤其是一双水汪汪的大眼睛，很是讨人喜欢，因此，讨得王财主夫妇的几分欢心。

虽然，童养媳妇既便宜又漂亮，但是，王财主一想到花掉的六两银子，还是十分肉痛。俗话说："堤外损失堤内补。"为了捞回损失，尖酸刻薄的王财主居然打起了养媳妇的主意。养媳妇买回来没几天，王财主就迫不及待地把她当鬟使唤，让她天天扫地、洗碗、烧火、端汤端水，好在黄毛丫头从小就懂事，会做点家务活，穷人的孩子早当家。但是，还是受尽王家人的欺负和责骂，但她咬咬牙坚持下来了。

转眼十年过去，真是女大十八变。当年的黄毛丫头十六岁了，出落得亭亭玉立，似出水芙蓉，人人见了都喜欢。见童养媳妇如此玲珑漂亮，王财主老夫妻觉得夜长梦多，更怕养媳妇懂事了要逃跑，每天把养媳妇看得很紧，不许她出家门一步，而且，打算年底就把儿子的婚事办了，也好了却一桩心头大事。

黄毛丫头自从被卖进王家当养媳妇，十年来活没少干，苦没少受。吃的是剩菜剩饭，穿的是粗布衣裤。好在王财主家的用人张妈经常在暗中帮忙照顾她，总算让黄毛丫头得到一丝亲情和慰藉。

王财主有个爱好，特别喜欢吃豆腐。这天，豆腐作坊又派人给王家送来一板豆腐。于是，张妈赶紧烧煮王财主最喜欢吃的红烧豆腐。正在烧豆腐时，张妈突然肚子痛，就吩咐正在灶口烧火的养媳妇说："丫头！我要去趟茅房，等会豆腐烧好了，你帮我吃吃咸淡看。"丫头点点头："嗯！嗯！"

一会儿，灶头上锅子里热气腾腾，养媳妇见张妈还没回来，怕豆腐被烧焦，便掀开锅盖，想吃吃咸淡用勺子捞起一块热豆腐放进嘴里。突然，财主老婆走进厨房，催张妈菜烧好了没有，却看到养媳妇正在吃豆腐，指着她大骂："好你个死丫头！竟敢偷吃老爷的豆腐！"养媳妇一吓一急，滚烫的豆腐一下滑进喉咙，顿时她满嘴起泡，痛得满地打滚，一下子被烫死在地上。财主婆却还站在一边大骂："谁叫你偷吃！谁叫你偷吃！贱人就是这样的命！买你养你十年的钱都白搭了！"随即喊来长工陈叔，把她抬出去喂野狗。

此时，张妈从茅房出来一看，出大事了，责怪自己去趟茅房解手（小便）时间太长，害死了丫头。流着眼泪说："苦命的丫头，但愿你在天上不再受苦。"便和长工陈叔一起把养媳妇抬出去，葬在村后一棵大榆树下。每年清明节，张妈总会烧上几个菜给苦命的养媳妇上坟，以减轻一点自己的罪过。

从此，海盐一带流传养媳妇吃豆腐，热豆腐烫死养媳妇的故事。这也劝诫人们，豆腐虽然美味，要凉一下慢慢吃。

讲述者：沈爱芬

时间：2016 年 5 月 18 日

地点：海盐县秦山镇川菜馆

原载《南湖晚报》

灶王爷的传说

常言道："民以食为天，食以灶为先。"江南水乡家家户户的灶间都设"灶王爷"神位，因为灶王爷是一家主神，是"维护家宅火烛、兼负监察之责"的神祇。海盐地区祭灶时间：官员廿三，民间廿四，船（渔）家廿五。关于灶王爷的来历还有一个民间传说呢。

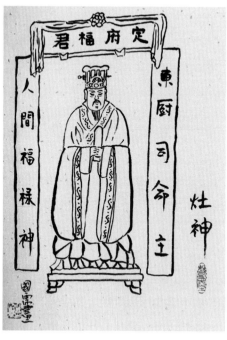

灶王爷　丰国需　画

从前，三家村有个叫张丁的男人，父母死得早，无依无靠孤身一人，三十多岁才娶了邻村穷苦人家的姑娘荷花为妻。夫妻俩起早贪黑，做得忙忙碌碌，田稻却还是不熟。秋收了，人家田里稻穗颗粒饱满，丰收在望。张丁家田里一片瘟稻瘪谷乱蓬头。有人说张丁家风水不好，房屋对大路，财进财出，聚不到财，夫妻两人日子过得吃了上顿没下顿，日子苦啊。

一天，张丁对荷花说："老婆，你这样跟着我没有出头日子，还是自寻出路去吧，找个能活命的地方。"

为了生存下去，荷花便拎个包裹没有目标地走啊走，从白天走到傍晚，走到十八里桥时饿昏在路边。天无绝人之路。镇上有个打银器的王锁匠，回家路过这里，看见路边有个女人倒在地上，穿一身粗布衣，眉清目秀。王锁匠想：这女人一定是饿昏了吧，看来也是个落难人。王锁匠放下担子，从箱子里拿出刚刚在集市上买来的一个煎饼给这位妇人吃，荷花咬了几口饼，慢慢地苏醒过来。王锁匠问："这位大嫂，你要去哪里？"荷花说："我无处可去！无家可归！"王锁匠说："天色快暗下来了，不如先到我的小屋里吃点东西。"荷花点点头，跟着王锁匠回家去。

这个王锁匠从小父母早亡，幸好有一门手艺在身，不愁吃穿，在集镇上摆个锁匠摊，日子过得还可以，就是三十多岁仍是走出一家门，走进一家门，光棍一条。荷花觉得这个男人老实本分，心眼好，就留下来做了王锁匠的老婆。过了五年，两人生下两男一女三个孩子。王锁匠因为手艺精，做人诚实守信，四邻八乡的人都喜欢找他打银器、做铜锁，生意越做越好。荷花在家照管好孩子们，勤劳吃苦，贤惠持家。夫妻两人一个主内，一个主外，把一份家业做得风生水起。

王锁匠头脑灵活，有了本钱又有经商经验，就跟着同乡商人去大城市闯荡，做起棉布生意。几年后，生意越来越好，赚得盆满钵满，成了远近有名的富裕人家。

一次，王锁匠回到家里，和荷花商量，把家里的房子重新翻造一新，住得舒适点，便建起前厅后院的宅院，高深的围墙，气派的墙门，还买了一百亩田地，家里有用人、长工、短工一大帮人。荷花也算是苦尽甘来成为富太太，管理一家大小的事情。

　　一天，王家大门前来了一位乞丐，衣衫褴褛，手里拿一只讨饭破碗，站在大门口讨饭。丫鬟进屋问："太太，门口来了个乞丐，要不要给？"荷花心地善良，想起自己也是苦出身，十分同情穷人，便拿了几个青团子走到门口。她抬头一看，却大吃一惊，眼前这个男人，一头凌乱的头发像鸟窝似的，穿着一身满是灰尘和补丁的破衣服，手里拿一只破碗，身体冻得瑟瑟发抖。荷花问："你是张丁？"张丁也认出了眼前这个女人，穿一身绫罗绸缎的富贵太太，竟然是前妻荷花，他羞愧地低下了头。荷花看在曾经夫妻一场的分上，叫张丁进屋来，并吩咐仆人吴妈去拿出几件干净的衣裳让他换上，再去烧几个小菜，让他吃一顿饱餐。

　　一会儿，吴妈烧好六个小菜摆在桌上，可是仆人们却发现这个乞丐不见了。荷花叫大家在院子里里外外寻找，找遍了房前屋后也没找到。最后，吴妈找到灶间，发现张丁已死在灶口。原来，张丁觉得自己太没出息了，一个大男人连一个女人都养不活，实在没脸活在世上，悄悄地钻进灶口羞愧得死了。

　　荷花看到张丁在她家羞死了，既伤心又恨铁不成钢，就帮他料理了后事。因为张丁死在灶口，她就在灶间给他点上香烛祭拜一番。这时，她的三个孩子正好找她，进来看到就问："母亲，你这是在祭拜谁？"荷花就说："祭拜灶公公。来！孩子们也来拜拜灶公公，让他保佑全家平安！"

　　据说，玉皇大帝得知此事后，就封张丁做了灶王爷，这样，张丁成了天界派遣到人间的督查官，监管每户人家的家庭琐事。每年腊月廿四，灶王爷回天庭过年，向玉皇大帝汇报这户人家一年的善事、恶事。玉帝再根据灶王爷的报告，定这户人家来年的祸福吉凶。农历十二月廿四晚上祭灶时，家家户户在灶间神龛上点上三炷香，摆一碗糖年糕或赤豆糯米饭祭灶。

糯米饭是为了粘住灶王爷的嘴巴，不让灶王爷说坏话；糖是希望灶王爷汇报工作时嘴巴甜一点，上天言好话，下界保平安。女主人站在灶口边念起"灶王经"："灶王菩萨灶王经，灶王菩萨坐门亭，外头念佛天晓得，里头念佛保太平，太平二字挂门庭。"请灶王爷吃一餐，晚上送他上天，称"谢灶"。海盐民间形成的祭灶习俗。灶神是道教神灵，全称"九天东厨司命灶王府君"，又称"灶君""灶神"，是厨房之神。

海盐民间传统习俗，新年农历正月初四，"三羊（阳）开泰"，乃是吉祥之日，再恭迎灶神回家。每户人家在灶间神龛上点燃三炷香、一对蜡烛，摆上水果等物品，拜灶神，鸣鞭炮，恭迎灶神从天宫归来。

讲述者：韩其观

时间：2020 年 6 月 13 日

地点：海盐县百步镇横港幼儿园

原载《南湖晚报》

做魇殃

旧时，民间泥水匠、木匠手艺人，因为有一技在身，每天有现钱进账，而且东家造好房子后还要好酒好菜招待他们。为啥呢？据说泥水匠、木匠会做"魇殃"，如果你招待得不周到，他们会做手脚，坑害东家。讲一个故事给你们听。

有一家姓陈的人家，只有娘儿俩，家境平平，为了给儿子造新房子娶媳妇，陈家婆婆请来了一班泥水匠、木匠。陈婆婆一向心地善良，平日里只要自家有啥好东西，总会送给左邻右舍一些。现在家里造房子，把泥工、木工师傅请来，自然格外热情招待，用心做食材，客客气气。每天一早，陈婆婆去集市上采购东西，买鱼只挑大的买，买肉只选好的买，买到家里，小菜盘盘烧得蛮细货，细到啥程度？连鱼骨头也要一根一根剔出，担心大师傅们吃饭时不小心被鱼刺鲠到喉咙，伤了身体。

一天中午，泥水匠、木匠歇工吃饭时，木匠班头崔师傅和徒弟们在八仙桌上坐下来，朝桌子上的八只菜碗里一看，眉头一皱，心里想：东家太不成名堂了，烧条鱼来糊糟糟，从来没见过！有意怠慢我们，有数了！（要做"魇殃"了）。（做"魇殃"，是民间手工业的一种陈规陋习。旧时，工匠由于地位低下，常遭雇主歧视、刁难，便采用一种古称"魇镇"，俗称"魇殃"的神秘巫蛊手段来报复雇主，尤以建筑行业最多。东家招待不周或言行不尊，工匠们就在梁柱或屋脊、院墙等结构中放入骰子、破碗、白布等不吉之物，以咒该户日后家败人亡。中华人民共和国成立后，此俗逐渐废除。）

陈家的房子造了一个多月，总算造好了，陈家婆婆脸上笑眯眯、心里开开心心，马上有新房子住了，儿子也可以找个对象成个家。晚上吃过晚饭，陈婆婆当场一次性付清了泥水匠、木匠师傅的工钿，并千恩万谢地送走一班泥水匠师傅、一班木匠师傅。

时间一晃，陈婆婆家的房子造好五年了。一天，那位当年给陈婆婆家造房子的崔木匠路过陈家，有心要去看看这家人家现在败落到啥地步。崔木匠一走进大门，见屋里空荡荡，窗也没装，四面通风，只听得东面房间里传来"吱嗯嗯，吱嗯嗯"摇车发出的摇纱声，有气无力，听起来十分凄凉。崔木匠跨进房门一看，果然是当年那位叫他造房子的老婆婆，人也憔悴得老了许多。

崔木匠说："老婆婆！向你讨口茶喝。"陈家婆婆一手捻着棉絮一手握着摇车柄，抬头眯起老花眼睛说："客官，好的！可是，我家穷得连茶水也烧不起呀！"便站起来，颤颤巍巍地走到厨房，从水缸里舀一碗水，又从袋子里抓一把砻糠撒在水上面，端出来给崔木匠喝。崔木匠一看，咦！怎么水上还漂着一层薄薄的砻糠呢？你这老婆子太可恶！气不打一处来，直起喉咙说："老婆婆，你怎么把这么龌龊的东西撒在碗里，难道想害我吗？"陈家婆婆说："客官这你就不懂了，你刚才走路走得急，心火热，身上也出了一身汗，如果一下子喝进一碗冷水，岂不要喝坏肚子？我撒把砻糠在上面，让你一边吹一边喝，慢慢地一口一口喝，就不会喝坏肚子了。"

崔木匠听到这里，心里一酸，觉得自己错怪婆婆了，就坐下来跟婆婆聊起话来，一说二说，崔木匠特意问："你家的房子造好有几年了，怎么还是一只空屋架，连门窗也不装？"陈家婆婆叹口长气说："哎，房子造来五年了，当年造这幢房子，我是一片真心招待泥水匠、木匠师傅的呀，你晓得哇？烧鱼，担心他们被鱼骨头鲠到喉咙，连鱼骨头都剔出，烧肉，烧来蛮酥蛮熟，每天从自留地里摘来新鲜的蔬菜，天天把他们当大客人招待。想不到房子一造好，儿子就天天去赌博，把家财输得精光，连门窗也装不起，现在只剩下一只空屋壳了，作孽啊！"

这时，坐在一边的崔木匠听得心里难受，五味杂陈，坐不住了，连忙放下手里的茶碗，对陈家婆婆说："有这样的事？让我爬到屋顶上去帮你看看，是不是当年有人在房梁上做了手脚。"崔木匠慢慢地爬到房梁上，把放在"魇殃"洞里的三只骰子翻了个身，原来是"一二三"，现在变成"六六六"，翻好之后拍拍手，下来对陈婆婆说："婆婆你放心好了，我帮你看过了，你儿子会回心转意，戒掉赌博的。"

原来，这个人就是当年给陈婆婆家造房子的木匠班头，当年是他在房梁上做的"魇殃"。打这儿以后，陈家婆婆的儿子再也不进赌场了，回到家里，勤勤恳恳把田地种熟管好，还娶了老婆生了一对儿女，一家人过得顺顺利利，越来越兴旺啦！

讲述者：王林珍

时间：1988 年 12 月 14 日

地点：海盐县沈荡镇喷湖路 132 号

原载《南湖晚报》

许相卿待佛

海盐县西部农村与海宁市东部农村一带，以前，流传一种与旧时风俗习惯相关的"祭祀"，称"奉文书"，也称"唱神歌"，其主祭者又称"骚子先生"。演唱时间一般在每年农历九月到次年的三月，农事空闲时，农家在小孩满月、结婚、过继、寿诞、病愈时"待佛"。"海盐骚子"（海盐文书）是吴越之地海盐民间的待佛风俗，特别是在桌子边还虚设两个空位，传说这与明朝许相卿有关。

许相卿（1479—1557），祖籍海宁袁花，明正德年间进士，嘉靖时期任兵部给事中，人称许黄门。旧时，把在京城做官的人称作黄门。此人一表人才，长髯飘飘，性格耿直，敢说真话，在朝中做官三年，发表很多谏议，但他的谏议受到嘉靖皇帝的反驳，还受到朝中奸臣严嵩的排挤、打压。

许相卿在朝中做官时，有一次，他回海宁袁花老家休假半个月，假期一结束，就带着随从坐船准备回京城。一路上，当官船行驶至嘉兴段大运河时，在河面上遇到一大队浩浩荡荡、装饰华丽的船队堵在河道上，拥挤难行。许相卿感到十分纳闷，就上前问道："客官，你们这么庞大的船队要去哪里？"对面的船家答道："我们去海宁袁花许黄门家赴宴席。"许相卿听了一惊，感到十分奇怪：我家里没有大事情办，也没有设宴席啊？哪来这么多气势宏大的船队应邀？马上叫船家调转船头，回袁花家里去看个究竟。

许相卿回到家门口，看到家里张灯结彩大摆宴席，原来是夫人瞒着他在举办"待佛"，便马上询问夫人为何要这样做。许夫人说："为了夫君的前程，做一佛事，祈求你事业顺利，前途一片光明。"原来，许相卿在朝中多次发表谏言，受到严嵩一党的排挤和嘉靖皇帝的冷落。许夫人得知后，在家里也十分着急，便瞒着夫君在家中设宴许愿酬神求保佑。还特别举办了十三席高筵大排场，请来骚子先生，请神、酬神、唱神歌、送神等，仪式举办的过程中大书、汤书要唱三天三夜。

待佛，又称"海盐骚子"，是流传于杭嘉湖一带的敬神仪式，源于古老的民间祭祀，仪式中会演唱民间故事、神话传奇、当地风物、生产生活、当地逸事等，已有四百八十多年历史。

许相卿本不信佛，眼下被夫人的一片真情感动，他随即搬来一把椅子和夫人一起作陪，不时站起来敬酒招待。他在敬酒时听到有酒杯叮当碰撞声，一会儿，又看到挂在宴席边的纸马幛上有被酒濡湿的痕印，深感奇怪，酒印好像是神佛们在喝酒碰杯时喝醉了，酒水泼到马幛上形成的。因此许相卿开始相信佛教。

只见骚子先生身穿长衫（清代穿长袍马褂），手中不拿一样道具，两名骚子先生站着轮流唱，先是起角色拆唱正书（大书），《关云长》《观音》等，时而运用说、表、念、唱，时而一唱众和或有乐队伴奏。顿时，南腔北调、俚语俗乐满堂，绘声绘色，滑稽风趣。下半场唱汤书（娱乐类），有《豆腐衣汤》《茶叶汤》等。待佛仪式引来左邻右舍和村里的男男女女，大家争相观看。

从此，海盐、海宁一带农村，人们逢年过节待佛时，在宴席边为许黄门和夫人虚设两把椅子作为陪坐，成为海盐民间独特的待佛习俗。人们还把当年许相卿的官船与来客的船队相遇的地方，称作"官船漾"。

讲述者：姚金生

时间：1988 年 3 月 4 日

地点：海盐县沈荡镇西小街

花头巾的传说

海盐农村，有一群头戴花头巾（兜头巾）的农村妇女，她们每天活跃在田间、地头、村庄、小院，与土地为伴，是乡村里一抹独特的风景。中国古代的"巾帼"就是指这种"头饰"物品。花头巾的来历与吴越王钱镠有关。

吴越王钱镠早年在海盐贩私盐时，经常从临安石镜乡大官山往返海盐澉浦鲍郎盐场，澉浦铁匠营（今澉浦镇中村）是其必经之处。铁匠营里有个手艺精湛的张铁匠。据说，当年干将、莫邪炼成雌雄宝剑后，为了逃避大王追杀，夫妻俩带着宝剑逃到了澉浦一条小巷，以打铁为生隐居下来。张铁匠是干将、莫邪的徒弟的后代。张铁匠的妻子死得早，他和女儿粉娥相依为命，平日里父女俩一个打铁，一个拉风箱打下手。张铁匠打出的刀、剑锋利无比，削铁如泥，远近闻名。钱镠经常从临安往返鲍郎盐场，对澉浦一带风土人情很熟悉，一来二往和张铁匠成为好朋友，所以，每次来鲍郎盐场采购盐时经常落脚在张家。粉娥和钱镠年龄相仿，有时钱镠挑盐担路过张家休息一下，将盐担藏在张家柴垛里，进张家歇歇脚，粉娥便悄悄去山上望风，看看有没有官兵过来盘查。这样两人一来二去有了好感，钱镠看到粉娥姑娘人长得漂亮，头上总是兜块花头巾，显得别有风韵。

后来，钱镠弃商从军，跟随董昌队伍四处征战，最终，当上吴越国国王。一天，当他回想起与自己有患难之交的粉娥姑娘,感慨不已,特派心腹大臣前来澉浦一带寻访粉娥。钱镠吩咐大臣们说:"粉娥有王妃命,上马马跪前脚,下船船沉三尺,一年四季头上包着一块花头巾。"

大臣们按吴越王指令,开着官船从杭州出发,一路来到海盐澉浦一带寻找王妃。由于战乱四起,社会动荡,当大臣们来到澉浦铁匠营时,张铁匠父女早已离开铁匠营,不知去向。大臣们只好把官船停在澉浦码头廊,并贴出告示:吴越王寻王妃,头戴花头巾,姑娘踏上船,船头低三尺。

听说吴越王要寻王妃,澉浦城里城外十里八乡的姑娘,人人戴上各色各样花头巾,三五成群纷纷跑向码头廊去撞大运,希望能被选中,改变一生的命运。姑娘们一个一个走上官船排队踏船头,张家姑娘上船,一踏船头,官船只是晃了晃,看官说:"下去!下一个。"李家姑娘踏上船头,官船动两动,看官说:"回去!再一个。"再一个王家姑娘比较丰满,官船荡三荡,还是不行!哎!没有一个姑娘能将船头踏沉半尺,更不要说三尺了!大臣们急得直摇头,只好撑起官船沿着秦溪河一路往西继续寻找王妃。

一天,寻王妃的官船来到一个叫紫云里的村坊,突然,一位大臣看到河边有一位戴着蓝底白花头巾的姑娘,正在河滩边割草。奇怪啊!这姑娘头上总是遮着一朵紫云,她走到哪里紫云飘

花头巾妇女看戏　朱美华摄

到哪里,像一把凉伞替她遮挡太阳。大臣们感到真是稀奇!马上传话:"请这位姑娘上船来踏踏船头。"那姑娘也没多想,走上官船两脚一踩甲板,船头马上下沉,不多不少正好三尺。大臣们高

兴地大喊："王妃找到啦！王妃找到了啦！"真是：踏破铁鞋无觅处，得来全不费工夫。原来，这位就是粉娥姑娘。几位大臣赶紧把她请进船舱，船工马上收起铁锚，撑起船篙开船回杭州啦！

再说，粉娥姑娘自小生长在农村，从来没乘坐过这么气派、漂亮的大船，坐在船舱里不太习惯，觉得太闷，往窗外探出头透透气。这时，河面上吹来一阵凉风，把粉娥姑娘头上的花头巾吹掉了，阿呀呀，大事不好啦，要露相了！粉娥急得直跺脚，不敢抬头。大臣们一看，姑娘头上露出了稀稀拉拉几根头发，难看死了，吓得惊恐万分、六神无主。管事的张大臣说："我们千辛万苦寻了几天几夜的王妃，到头来却寻了个癞痢头姑娘，回去怎么向吴越王交差？"真是急死人啊！

正在大家忐忑不安、恐慌之时。突然，蔚蓝的天空中飞来一群小鸟，停在粉娥姑娘头上，一阵猛啄乱抓，吓得粉娥晕晕沉沉。突然，她头上的癞痢壳"扑通"一声掉进河里了。瞬间，粉娥姑娘头上长出一头乌黑发亮的秀发。大臣们人人看得目瞪口呆，太神奇了啊！这是天意！天意啊！大家悬着的心终于放下了，纷纷称赞吴越王真有心，粉娥姑娘有王妃命。

官船载着粉娥姑娘回到杭州城，吴越王钱镠亲自来到皇宫前迎接，并且，在皇宫内大摆宴席，庆祝终于找到日思夜想的粉娥姑娘，一对有情人终于团圆。

从此，海盐农村大姑娘、媳妇们，人人喜欢头上戴一块五颜六色的花头巾，还在后脑勺系一个结，这就是"头要紧"的装饰。这块看着俗气、土气、乡气的花头巾，不仅能挡雨、避风、保暖、遮灰尘、当包袱，关键还会带来好运哩！

讲述者：王阿仁

时间：1988 年 11 月 23 日

地点：海盐县沈荡镇千亩荡蚕种场

围裙的来历

早先，海盐农村姑娘出嫁，姑娘的母亲都会给女儿做两块深蓝色围腰（围裙），长八十五厘米，宽四十五厘米，围裙两端的带子上用红布做成的纽扣，作为嫁妆，压在箱子底，随姑娘出嫁一起带到婆家。结婚当天，一块围裙里包一堆长生果、枣子、糖果，寓意早生贵子，甜甜蜜蜜。姑娘嫁到婆家做家务时，穿上新围裙既美观又能挡灰尘。关于这个围裙的来历有个动人的传说。

唐朝时，有个叫罗隐的秀才，晚唐诗人，满腹文才，本来有做帝王的命。但是，他母亲经常与人家攀比。一天，罗隐母亲在家里灶间洗碗时发脾气，拿一把筷子在灶面上边敲边骂："杀千家砍万家……"灶王爷听到这件事后，腊月廿四上天向玉皇大帝汇报工作时，告了罗隐家的状。就这样，罗隐秀才一家触怒了天庭，罗隐被玉皇大帝剥夺了帝王命格，成了聪明傲世的一介书生，只留下一张能言善辩的嘴巴。

罗隐喜欢云游四方，青山绿水相随，蓝天白云相伴，一路上留下很

围腰

多诗歌。因为他这张嘴说话不饶人，罗隐得罪了不少权贵，在科举考试中屡考屡败，始终不得志，满腹文才无处发挥，只好行走在乡间田野和农夫卖弄文才。

一天，罗隐秀才出门游玩，经过一块水田时，看见一个叫阿四的男人正在田里插秧，便调侃道："阿四哥阿四哥，知道你今天插了多少行秧，种了多少株苗？"阿四想来想去答不上话。

晚上回家，阿四把白天受路人嘲笑的话讲给老婆听。老婆说，你真是个草包，这么简单的话都答不出来。你明天再遇见他，就问他："秀才哥秀才哥，你今天走了多少里路，上了多少个坡？"

第二天，罗隐秀才又经过阿四的田边，阿四得意地反问他："秀才哥秀才哥，你今天走了多少里路，上了多少个坡？"罗隐秀才被问得张口结舌、目瞪口呆，竟然也回答不上来。于是，罗隐就问："这是谁教你的话？"阿四是个憨厚老实的男人，告诉他是老婆教的。

过了半个月，罗隐秀才游玩又路过这里，走在田埂上，看到阿四正在耘田，罗隐又问阿四："千只眼睛的桌子、九十九样菜、一百碗饭，你说是啥东西？"阿四又答不上来了。晚上回家又问老婆，老婆说："你个呆大，千只眼睛的桌子——筛子，九十九样菜——韭菜，一百碗饭——白碗。"

隔了一天，阿四又去田里干活，罗隐秀才走过来问他："前天给你的谜语，猜出来了没有？"阿四自信满满地说："千只眼睛的桌子——筛子，九十九样菜——韭菜，一百碗饭——白碗。"罗隐说："肯定又是你老婆猜出来的，是哇？"阿四点点头。

罗隐想来想去，觉得这个女人太聪明了！如果长期这样下去，我们男人就没有地位了。于是心生一计，从身上撕下一块布，对阿四说："这块布你带回家给你老婆缝条围腰，她做家务十分辛苦，穿在身上免得把衣服弄脏。"其实，罗隐想用这块蒙心布蒙住阿四老婆的智慧，让她天天在家里打扫卫生做家务。

阿四高高兴兴地回家，把这块布送给老婆，说这块布可以做块围腰。阿四老婆想：木答答的老公今天也算开窍了。她拿起这布就去房里缝成一块围腰系在腰上，觉得不错，既收腰腹，又挡灰尘。当然，女人的聪明，一块布是围不住的。

村里的一群小媳妇们，看到阿四老婆身上的围腰，都觉得既好看又实用。女人们看样学样，大家都用一块布做围腰，系在腰间做家务。后来，围腰成了家庭妇女们做家务时的必备之物，几经改进，成了围裙，一直使用至今。

讲述者：李秀宝

时间：1980 年 7 月 22 日

地点：海盐县百步乡五联村

原载《南湖晚报》

第五章

历史故事

金粟寺与独桑鼓

金粟寺，坐落在海盐县澉浦镇茶院村金粟山下，始建于三国吴赤乌年间，距今已有一千八百多年历史，是"浙江第一古刹"，东南第一寺，西域康居国王子康僧会来中国传法时所建。江南最早的三大古寺有：海盐金粟寺、南京保宁寺、太平万寿寺。金粟寺内镇寺之宝当推康僧会肉身像和"独桑鼓"，清初金粟寺孤云上人曰：独桑鼓"声震十方世界"。

相传，金粟寺内的"独桑鼓"，是当年明太祖朱元璋所赐。明朝开国年间，朱元璋遣使者来海盐金粟寺降香，并把他当年在鄱阳湖与陈友谅大战并获胜时所用的战鼓独桑鼓（英雄鼓），赠予金粟寺珍藏。独桑鼓成为镇寺之宝，使金粟寺名声大振。独桑鼓高三尺，周长一丈一尺六寸，由独株桑树做成，木理自坚，为佛家法鼓。鼓和钟是寺庙必备之物，晚上击鼓、早上撞钟，早晚报时间的钟鼓之声，是为劝人精进修持，警觉醒

独桑鼓

悟。如宋代大文豪苏轼诗云："暮鼓朝钟自击撞，闭门孤枕对残缸。"当年朱元璋为什么要把这面"英雄鼓、胜利鼓"赠予金粟寺呢？

故老相传，这是因为朱元璋小时候在海盐一带的寺庙修行，与佛教有缘，所以即位后，念念不忘当年在海盐寺庙里获得的开悟，因此，将这面战鼓赐给金粟寺珍藏。金粟寺兴盛时僧侣多达千人，进香信徒络绎不绝，香火鼎盛。后经过洪武、永乐、宣德、正统四朝一百多年间的建设，金粟寺"僧徒弥众，规制益宏"，名声威震四方。金粟寺所在的金粟山绿水青山，红墙黄瓦寺庙，钟鼓声声，梵音缭绕，犹似人间仙境。

话说朱元璋当年在皇位传承上，抬爱太子朱标，太子不幸早亡后，又立朱标的儿子朱允炆为皇太孙。朱元璋唯恐孙子太年轻，威望和经验不足，难以驾驭天下，就大开杀戒，把可能危及朱家王朝的外部潜在势力，如功臣、大将等通通铲除，为朱允炆继位扫平一切障碍。但是在皇家内部，朱元璋的做法也激起各路藩王儿子们的非议，特别是军功显赫的燕王朱棣。朱棣对父皇的所作所为大为不满，他坐镇北京，实力强大。等到朱元璋死后，朱允炆即位，开始实施削藩之事，朱棣便以"清君侧"为名，举旗造反，杀向南京城。

在朱棣攻破南京城兵乱之时，前朝老太监王钺告诉建文帝，太祖临终前有一遗物置于奉先殿内，让他在紧要关头交给建文帝。这是一个带锁的铁盒子，里面有僧侣的度牒三张、袈裟一件、剃刀一把、白银十锭，还有朱元璋的御笔书信，信中说：如果你不想死的话，就往南方逃。此时，建文帝与几个近臣商量片刻，就地落发为僧，一路南逃。

一天，建文帝一行人逃难来到海盐金粟寺，寺内住持一看是一群落难贵人，马上引入后殿。建文帝知道皇爷爷当年在鄱阳湖与陈友谅大战时用的"独桑鼓"珍藏在寺内。就问寺内住持："当年太祖派人送来的那面独桑鼓，存放在何处？"住持说："放在后殿中间。"建文帝说："请大师带我们去看看。"住持说："施主，请随我来。"一行人来到内室，建文帝走上前，见到独桑鼓，抱着它痛哭流涕，并深深地忏悔道："对不起皇爷爷对我的栽培和重托，大明江山内乱，希望皇爷爷保佑我逃过一劫。"寺内住持一看，得知建文帝身份后，马上跪地叩拜，安排他们在金粟寺内落脚，悄悄地把他们藏在内室，并吩咐道："皇上，你们不要走出寺庙，生人脸面可能会引起麻烦。"金粟寺住持每天对建文帝一行人的饮食起居照顾非常周到，还每天派小和尚们去外面打探各路消息，以防不测。

再说，朱棣取得皇位后，为了斩草除根，以绝后患，派人到处追杀建文帝。传说，还派郑和下西洋寻找。不久，朱棣的人马一路追杀来到海盐，金粟寺僧人们闻此消息，寺内住持连夜将建文帝一行人乔装打扮，叫他们趁着夜色继续往西南逃。据说，建文帝后来一直逃到了云南，在一座寺庙里出家。

唐代杜牧："南朝四百八十寺，多少楼台烟雨中。"在时间长河中，金粟寺和其他寺庙一样遭受战乱之毁。楼宇殿堂多半为灰烬，僧众寥落，虽然几经重建，但因为乏人管理而败落。最终，寺内珍藏的独桑鼓、千人井、金粟笺纸、王阳明墨迹、剑池等都消失在历史的长河里。清代，彭孙贻《金粟山禅院》有诗："赤乌僧至古招提，千载苍苔剥旧题。画鼓鄱湖龙战后，法身康会像来西。山花不落苔盈砌，禅观无人月满溪。欲扣宗门谁共语，松阴万树鹁鸪啼。"

20世纪60年代，曾经规模宏大的金粟寺只剩下一进大殿，改成茶院石厂办公处。1974年金粟寺内最后一位僧人其太和尚去世。此后，因没人管理，偌大的寺院全部倒塌，只剩下寺前一块明正统年间礼部尚书、国子监祭酒胡滢撰的《重建金粟广慧禅寺记》的石碑和一个石龟（赑屃），石龟驮石碑。

改革开放后，欣逢太平盛世，古寺又遇良机。2012年，金粟寺又在茶园村原地基上重建。如今一座气势恢宏、古色古香的金粟寺，又迎来了五湖四海慕名而来的游客。

讲述者：陶三男

时间：2016 年 10 月 7 日

地点：海盐县武原镇油厂弄口

原载《南湖晚报》

董小宛葬花南北湖

南北湖风景区中湖塘上，有一座小宛桥，早前，旁边还竖有一块石刻"董小宛葬花处"。相传，明末清初，董小宛与冒辟疆曾避战乱于海盐，海盐流传着一则董小宛南北湖葬花的故事。

明末，秦淮八艳之一董小宛，名白，字青莲，又名宛君。传说，她出生在海盐通元镇淡水村慷慨桥头，父亲董年是位秀才，在私塾教书。因家道中落，董小宛迁至苏州半塘，沦落青楼。小宛天资巧慧，容貌娟妍，能歌善舞，亦工诗画，是一位秀外慧中的乱世佳人。

董小宛画像

崇祯十二年（1639），董小宛因一次机缘结识复社名士"明末四公子"之一冒辟疆，在手帕姊妹柳如是与复社名士钱谦益夫妇的帮助下赎身脱籍后，嫁冒辟疆为妾。在明朝国破山河碎时，冒辟疆、董小宛夫妻双双誓不降清的民族气节，令后人佩服。

战乱避难

清顺治二年（1645）暮春，

时局动荡，兵荒马乱。李自成农民起义攻陷北京城，清军入侵山海关。崇祯皇帝一看明朝气数已尽，无回天之力，但誓不做亡国奴，便吊死在煤山大树上。而大批清军在降臣吴三桂谋划下，长驱直入一路南下。此时，苏州如皋城内乱贼四起，杀掠不断，清兵发布："留头不留发，留发不留头"剃发令。国难当头，在慌乱惊恐中冒辟疆带着父母、夫人苏元芳、妾董小宛、女眷、仆人全家二百多人，在如皋租三艘大船日夜不停逃难去海盐，投奔复社好友陈则梁。

冒辟疆全家一路南逃途中，被清兵、太湖强盗追杀抢劫，致大量财物散失、人员伤亡。来到海盐县城时全家只剩下二十多人。董小宛与冒辟疆在县城内找到陈则梁的家，因陈在京城有事不在海盐，冒辟疆就分别借住在彭孙贻、张维赤、胡震亨家。

朝代更迭，天下大乱。清军主帅多尔衮的大军很快就杀到海盐，追杀反清名士冒辟疆。这年六月，海盐县城也沦陷，冒家住在县城已不安全。离开大白居张维赤家时，二十多人租三艘大船，带上必需物品，与张维赤一家同去马鞍山避难。船沿秦溪河、丰山、惹山、马鞍山来回漂泊，一路上又遇到清兵追杀，只好悄悄地躲藏在芦苇荡里几天几夜，受冻挨饿，有时偷偷派人去农家换点食物，所派之人被清军发现当场杀死，真是苦不堪言。等外面稍稍平静，冒辟疆全家又转回县城外大白居居住。但是，好友陈则梁对冒辟疆说："你俩暂时去南北湖避兵，居住在吴中伟吴氏'宝纶阁'，相对安全点！"冒辟疆点头同意。

冒辟疆与董小宛在颠沛流离中，来到还是一片乐郊的南北湖畔，这里三面环山，一面临海，依山傍水，群山蜿蜒，环境僻静深幽，是避难隐匿最佳处。时值暮春，山上种满桃树、梨树、梅树、李树等，满山遍野桃花、梨花万紫千红。董小宛与冒辟疆在山下望着这繁花似海、春意盎然的景色流连忘返，陶醉在花海里游兴甚浓，竟然忘记了自己是来避难的。

南北湖葬花

对面一座形状像江南农家鸡笼的山，称鸡笼山。相传，旧时山下有金鸡出没。董小宛与冒辟疆沿着小径缓缓朝鸡笼山走去，来到山上一座老宅，轻轻推门而入，这就是则梁兄说的明朝司寇吴中伟的吴氏宝纶阁，其匾额为淮阳太守许令典书。吴中伟，万历进士，官至左布政司、刑部尚书。宝纶阁四面是蛎壳窗，窗明几净，前埭为吴氏宗祠永思祠（后为北湖小学）。当时，冒辟疆痢疾刚愈，身体虚弱，董小宛带他参观宝纶阁亭台、楼阁、花园。冒辟疆坐在路边石凳上，望着吴氏深宅大院，想想自己也是出身官宦人家、满腹诗书的名士，国难当头竟沦落如此，心里产生再出山为官的念头，想投奔绍兴鲁王。小宛看出他的心思，百感交集，随即取出笔砚，在宝纶阁上题诗一首："一个西湖看不够，郎休别处慕虚名。"劝冒辟疆时局动荡之时，不要再为仕途奔波了。

董小宛特别爱花、护花，在如皋水绘园，凡有空地，皆植梅花。董、冒两人来到宝纶阁四角亭子里，极目远眺：鸡笼山上一片桃花，花儿们挤挤撞撞，争奇斗艳，把深深浅浅的红点缀得恰如其分。忽然，一阵春风吹过，花瓣儿像雪花一样飘落，有的落在河边，有的坠入清清河水，晃晃悠悠，令人心生爱怜。小宛油然产生一种凄凉之情，即吟诗一首："今日花开又一枝，明日来看知是谁？明年今日花开否？今日明年谁得知？"

此时，夕阳下的南北湖山林霞光满天。小宛缓缓地踱着轻盈莲花步，与辟疆一起来到宝纶阁一处院子，凝视着满地落英，哀命运坎坷，对辟疆道："花中我最喜欢桃花，要开便开，要落就落，轰轰烈烈，生也精神，死也痛快，命途虽短，又有何惜！"说罢顺手扶一把扫帚，把院子里的落叶扫在一起，装进一只花篮，肩扛一把花锄，沿着山间小道，来到中湖塘一座小石桥旁，放下篮子，取出花锄，在湖边一铲一铲挖一个小坑，轻轻地把落叶埋入坑里，然后堆上泥土，还特意做了个圆圆的香冢。并深深地叹息道："此乃世外桃源。"俞平伯曰："花落埋香冢，董女有句留。鸡笼传胜迹，巨著接红楼。"有人说：董小宛在昔日高士们聚会之处，效仿唐六如《桃花庵》故事，留下一段葬花佳话。

花碑与小宛桥

澉浦当地传说：清顺治二年（1645）清兵南下，在如皋从良两年的秦淮名妓董小宛，随夫君冒辟疆逃难来到海盐，寄居南北湖近一年。当地有在夏至前葬花为花神饯行的习俗，闺阁之中尤兴此风。说明旧时澉浦当地也有葬花习俗，葬花时间都在暮春与夏至前。

南北湖小宛桥

等时局稳定后，冒辟疆带领全家回到阔别已久的如皋。董小宛于1651年病逝，年仅二十八岁。其留下传世作品——小楷扇面诗，诗集《绿窗偶成》，画作《彩蝶图》《孤山感逝图》，是一位集琴、棋、书、画于一身的传奇女子，得到无数文人雅士赞赏。

据吴中伟后人吴侠虎先生书中讲：董小宛葬花石碑，是20世纪30年代由澉浦人祝静远、陆凤书、吴侠虎等人所立，竖在中湖塘一座小石桥旁，纪念这位传奇女子在南北湖葬花一事，表达缅怀之情。后来，中湖塘上这座石桥就命名"小宛桥"，为南北湖湖光山色增添深厚的人文底蕴。

今人朱南田《暮春游永安湖访董小宛葬花处》吟道："山色湖光今似春，花香人影是耶非。我来蹀躞鸡山麓，不见姬归见燕归。"

讲述者：沈咏嘉

时间：2003年5月19日

地点：海盐县政协二楼

原载《中华当代精短文学作品集》

秦驰道

秦始皇在丞相李斯陪同下，第五次东巡，浩浩荡荡大队人马从咸阳出发，过长江乘渡口，经小丹阳，再顺太湖水道南下，到达浙江境内海盐秦山。

为了迎接秦始皇的到来，朝廷下令在海盐黄盘山下修筑一条驰道。东起上海金山，沿海岸线穿越黄盘山西达海盐澉浦，道路呈东北西南走向。秦帝国提前派监军贴出告示征招民工，秦军开始在海盐征役大批男性民工，又调来数千囚徒，在海盐境内大兴土木，开工修筑驰道工程。

当时海盐秦山、黄盘山、柘山上植被茂密，树木成林。柘山上生长的大量柘树，木质细密，坚硬耐腐，是修筑驰道做枕木的好木材。被迫征来的民工们跟着监军去柘山上砍伐树木，运回来由工匠们加工成一块一块枕木。而黄盘山、秦山上的黄泥土也是筑路的好土质。征召的囚徒被分配到黄盘山上采挖黄土，把采挖来的黄

秦驰道图　明·《海盐县图经》

土运至工程现场，用二百摄氏度以上的火烧制，加工成熟土后，再一层一层铺设在驰道上面。聪明的古人明白植物的生命力强大，将设计修筑秦驰道用的黄土，经过高温烧成熟土后，再铺在路上压平，这样的道路千年不会长草。为了赶工期，民工们被秦军催逼得日日夜夜不停地筑路，天天伐木、运输、烧土、铺路，做得累死累活。吃住在工地上，当地人有家不能回，外地人有家回不了。

一天，十多名外来民工，修路修得身体实在吃不消，有个叫王六的人带头罢工，在一个风雨交加的黑夜，趁监工头不注意，一群人逃跑了。他们是外地人，人生地不熟，逃到黄盘山顶上，王六说："待在这里又冷又饿也不行，我们去山上采点野果子吃吃。"有人说："我们跳海游到对岸，行不行？逃出去就不用再日日夜夜修路了。"可是茫茫大海海浪一浪高过一浪，他们也不敢跳海啊！

雨停后，监工头发现少了好多人，确定有人逃跑了。马上派出秦兵分头寻找，搜寻到黄盘山上，官兵找到这十多个民工，对他们喊话："你们躲在这里死路一条，无处可逃，马上回去老老实实修路，违者格杀勿论！"当场有两个民工跳海，其余的民工被抓回去继续修驰道。

经过半年紧张施工，这条长三十六公里的海上驰道总算修筑完工。道路按统一标准，路面宽二十米，中间宽七米，专供秦始皇车马通行，两边则给行商走贩行走，每隔七米种一棵树和设置路标。驰道上铺设的每一块枕木之间的距离，是根据马的脚步定制的。

驰道筑好后，秦始皇到达海盐，坐在马车上奔驰在这条平坦、宽阔、绵延的驰道上，马匹踩在专用道上，不由自主发出"嗒、嗒、嗒"的声音飞快地奔跑，右边是波涛起伏的大海，左边是高耸绵延的黄盘山，路两边绿树成排。秦始皇观赏大海美丽风光，就像今天在高速公路上开私家车一样神气，龙颜大悦。马车在秦驰道上来回奔跑，过足瘾头，因为他第一次行走在海边驰道，感觉海景焕然一新，口中大喊："朕要去秦山寻找长生不老药啦！"这就是当时海盐唯一的一条国道，马车在驰道上行驶一天一夜六百公里，堪称古代的"高速公路"。

秦驰道，专供秦始皇的皇家车队、皇家仪仗队和卫戍兵团车队行驶，以及运送战略物资。这样重大的基础设施工程，在没有挖掘机、推土机的年代，堪称建筑上的奇迹。

"功过三皇，德盖五帝"的秦始皇，是一位大战略家，也是一名超级基建狂迷，历史上留下四大工程：第一大工程是万里长城，减小了匈奴的威胁，阻挡了蒙古人的侵扰；第二大工程是秦皇陵，秦始皇为自己修建的一座地宫；第三大工程是秦驰道，为了帝皇出行和军备需要，修建八条秦驰道——上郡道、临晋道、东方道、武关道、秦栈道、西方道、秦直道、滨海道，其中，海盐的秦驰道连接滨海道；第四大工程是阿房宫，为自己享乐。这些劳民伤财的国家大工程，只有万里长城、秦驰道，从长远来看确实有利于国计民生。

海盐的秦驰道，由于年代久远，又经历无数次海溢、海啸、地震等自然灾害，这条秦驰道与黄盘山一起早已被大海吞噬，沉入海中，旧迹难觅。但是，《海盐县图经》记载：海盐境内秦始皇驰道确实存在过。1935年，我国考古专家在海里发现了一些遗迹，澉浦海滨出土的一根石柱上的铭文，据记载，是当年修建秦驰道工程所遗下的物证。

讲述者：陈连连

时间：2014 年 9 月 11 日

地点：海盐县武原镇方池路与梅园路口

双梓墓

海盐六里茶园村，三国时有一座双梓墓。这是发生在当地的一个历史故事。

三国吴黄龙（229）时，海盐六里茶园村有个叫陆东美的男人，娶朱氏为妻，朱氏长得端庄大方、眉清目秀。与陆东美结婚后，朱氏为人贤惠、尊老爱幼、夫妻互敬互爱、恩恩爱爱、情投意合。两人去田间干农活寸步不离，走亲访友形影相随，去集市买物品出双入对。村里人称他俩是前世修来的一对好夫妻。茶园村的姑娘、媳妇、男人都向他俩看齐。茶园村老人常说：一家人只有夫妻和睦，才能家庭幸福。

有一年，陆东美妻子朱氏生了一种怪病，浑身酸痛，东美带她到处寻医问药。今天去李郎中药店配几贴中药，朱氏服了不见病情好转。过几天又去王大夫处看病抓药，也不见好转。药吃了很多很多，但最终，朱氏还是死于病魔，年仅二十九岁。

这件事对陆东美打击很大，自朱氏离世后，他每天茶不思，饭不食，过度悲伤，人也瘦了一大圈。整天一个人关在家里绝食。亲戚朋友、左邻右舍来他家里劝导陆东美，邻居王婆婆说："东美啊！做人要想开点，富贵在天，生死由命。"李婆婆说："有生就有死，人来到这个世界，就是走一遭，看来你们夫妻缘分已尽，人死不复生，男人么，以后再续个弦就是。"可是，陆东美却摇摇头说："我不会续弦，此生心里只有朱氏一人。"

过了几天，家人们再去看望陆东美时，发现他关在房间，已经绝食而亡。陆东美死后，陆家人把陆东美和妻子朱氏合葬在一起，让他俩在另一个世界形影不离，永永远远在一起。

相思树

一年后，陆东美和朱氏的坟冢上，竟然长出两棵梓树，同根而生，树根相互缠绕，树枝相交合抱，树冠茂盛，绿荫遮天，人们把这两棵梓树称作"夫妻树"或"相思树"。而且经常有一对大雁停栖在两棵梓树上，并发出悲鸣。当地老百姓说："这是陆东美和朱氏死后变成的一对大雁，成对成双，生死不离。"俗语："在天愿作比翼鸟，在地愿为连理枝。"

这件奇闻怪事一传十，十传百。传到了当时吴大帝孙权耳里，他对陆东美夫妻的爱情赞叹不已，要求吴国人向他俩学习，夫妻互敬互爱，才能家庭和睦，社会和谐。陆东美夫妻被封为"比肩人"，他俩居住的村坊称作"比肩里"，他们的坟墓称"双梓墓"。这个凄美故事诠释千古爱情，堪与日月同辉。

后来，陆东美的儿子陆弘，娶妻张氏，夫妻俩也是感情深厚，肩并肩，出双入对，和他们的父母一样恩爱，当地人称他俩为"小比肩"。朱彝尊《鸳鸯湖棹歌》曰："莲花细步散香尘，金粟山门礼佛频。一种少年齐目断，不知谁是比肩人。"

双梓墓，是海盐澉浦六里村的一处历史古迹，现称"梓树坟"。

讲述者：王近和

时间：2019 年 2 月 22 日

地点：海盐县武原镇紫元尚郡小区（六里人）

一片焦土邑山城

历史上曾经的海盐县城，在今天平湖市乍浦镇东六里处。邑山，距海盐县城东北三十五里，高一丈，周三里。此时的海盐县经过迁徙，距邑山较近，故称邑山城。

晋代，有"中原海寇之始"之称的孙恩，乃五斗米教的继承人，孙恩继承了叔父孙泰起兵推翻东晋政权的衣钵，在公元399年起兵反晋。他为了逃避朝廷的追杀多次逃至舟山群岛。孙恩一般正月在岛上过个年，过了正月半，再返城杀向陆地浙江沿海地区，抢劫财物。孙恩自称征东将军，将他的队伍称作"长生人"，却大行杀戮，四处放火。

这一次，孙恩重返，先攻占会稽（今绍兴一带），聚众杀害地方政府官员。然后率领他的"长生人"一路烧杀掳掠到海盐，大批疯狂的海寇手里拿着长矛、大刀、菜刀、长剑气势汹汹，看到不顺眼的人就杀，看到值钱的东西就相互争抢，把强壮的男人抓去做壮丁，把那些妇女老人小孩投入河里。

这天，孙恩一伙人走在邑山城街道上，看到一户人家门开着，屋里一位叫张嫂的妇女坐在凳子上，怀抱婴儿正在喂奶，旁边有一个摇篮。孙恩一伙冲进门就逼着张嫂把婴儿放在摇篮里，还说："让这个婴儿去另一个世界享福去！"就拎着摇篮走了。张嫂一边追一边哭喊："还我孩子！还我孩子！"这帮海寇不予理睬，一直走到市河边把摇篮和小孩丢入河中，还妖言惑众地说："恭喜这个婴儿先一步去了天堂，等我们死后也会飞升登仙。"张嫂看着自己的孩子被活生生投入河中，哭天抢地大喊："我的孩子！我的孩子！"可是，那些海寇却在一旁哈哈大笑说："老天要收这个小孩去成仙了！"张嫂悲痛不已，最终也投河自尽。

孙恩这伙海寇在邑山城内烧、杀、抢，掳掠民女，烧毁民房，抢夺粮食、衣物、家畜，把县城商户、居民的财物抢夺一空，临走时还到处放火。大火持续烧了三天三夜，县城里房子被烧成灰烬或残垣断壁的难以计数，几乎没剩一间完整的房屋。邑山城内，居民死的死、逃的逃、被抓的被抓，空无一人，最终，繁华兴盛的邑山城被这伙海寇烧成一片焦土。海寇们却得意扬扬，把抢来的财物分别装载八艘大船，从海上运往舟山老巢。这就是历史上海盐县城的第三次毁城，是孙恩一伙海寇人为焚烧所致。

历史上，孙恩一伙海寇连年率众攻打苏、浙、沪沿海地区，烧杀劫掠，成为祸害一方的大海寇团伙。孙恩将东晋天下整得乱糟糟，将朝廷的经济命脉江南地区搅得十室九空。后来，孙恩接连被刘裕和临海太守辛昺打败，投海自尽。孙恩起事名为五斗米教，替天行道，实则是借宗教之名实现个人私欲罢了。

邑山城被孙恩海寇之众烧成一片焦土后，海盐县城被迫迁移至西南军事重镇"马嗥城"。

讲述者：陈连连

时间：2014 年 9 月 11 日

地点：海盐县武原镇方池路与梅园路口

北桥惨案

海盐县城百尺北路坠秋园内有一座"北桥",横跨在古荡河上,两侧桥栏中间"北桥"两个阴刻描金大字特别醒目,这里是曾经发生在海盐历史上"北桥惨案"的遗址。桥南一块长方形石碑上的浮雕,是一群中国军人持枪冲锋杀敌的画面。而北桥塊一块黑色的大理石石碑上,刻着一排碑文:铭记历史,勿忘国耻,日寇暴行,抗战见证。纪念当年惨遭日军无故杀害的同胞,告慰他们的在天之灵。

血腥屠杀

据《海盐史志》记载:1938年8月1日,驻扎在县城三乐堂的日军司令部得知县城北郊有"支那兵"(日寇对中国军人的蔑称)活动情报,决定出击"扫荡"。

8月2日清晨,北桥南塊,诸暨人张全生开的一家五间平房、三间正屋的茶馆内,一大早坐满了喝早茶的茶客、灵市面的村民,边喝茶边悄悄地谈论时局,谈论最近日军占领海盐县城的情况。这里是县城西北城郊接合部的一个小集市,比县城里相对安全些,也引来一些城里市民逃到北桥一带避难。此时,日军正在县城总铺弄路孙宅集合,兵分水、陆两路,从县城出发,水路汽艇从海滨路向西经团结港直达北桥,陆路从董家弄、西官路直扑南桥,气势汹汹地在北桥汇合集结后,在各路口布下哨岗，直奔北桥（今君原村）"扫荡"。一群日本兵突然冲进北桥茶馆店，把正在茶馆里喝茶和附近来不及躲避的十三名当地平民抓捕，用绳子绑在一起。当时还有三人正在茶馆后面（靠河滩）小便，听到前面茶馆里乱糟糟的声音，立即跳入古荡河向河北岸逃命，躲过一劫。

日军还疯狂地在北桥附近的王家门村，挨家挨户搜查"支那兵"，冲进民房，翻箱倒柜，破门砸桌。还在周边的坟地、草堆、房屋、竹园里搜寻，见人就抓，抓走了不少从县城、上海逃来避难的平民。有的村民为了逃命直接扑进附近的水田里、树林中。现场有七十多名村民被抓，有青壮年男子、老人、小孩、妇女。日军将抓来的村民集中关押在茶馆西面的一座大院内。院内有十棵大梅树，日军对老幼鞭打，对妇女轮奸。把其中四十多名青壮年列为重点怀疑对象，把他们捆绑在大梅树上残酷拷打、严厉审问，逼迫他们说出"支那兵"的下落。面对穷凶极恶的敌人，村民们人人保持民族气节，誓死不说。

下午一时，北桥上空乌云密布，乌鸦"哇—哇—哇"凄叫不停，日军将四十多名无辜的青壮年男子，押到位于南北桥之间的柏树坟（今元济中学校园）和义冢漾旁，大开杀戒，凶残地屠杀这些手无寸铁的无辜平民。他们有的被砍头，有的被刺刀捅，有的被剖腹开膛，有的被枪杀，村民任阿高、张大毛、王阿中、张三佬、张小佬被日军当场戳死，现场惨不忍睹。日军制造了震惊海盐的"北桥惨案"。

傍晚，日军撤走后，天色渐渐暗下来，周围笼罩着阴森与恐惧，柏树坟一片死寂。这时，躲在竹园里、水田里、树林里惊慌失措的村民陆续走出来，奔向柏树坟。柏树坟边、义冢漾旁、茅草地里、路上，到处横七竖八躺着被日军屠杀的村民尸体，有的身首异处，有的肠子外流，有的尸体叠在一起，有的两只胳膊被绑在一起。大多数遇难者的尸体已面目全非，无法辨认。见此惨状，村民们泣不成声，非常愤怒。清理现场时，大多人由于失血过多早已死亡，有三人还活着，因未伤到要害处，其中两人是从城里逃难来的商人，一人是当地农民郑留法。郑留法当时被压在尸体堆最下层才幸免于难，他腿上被戳了七刀八个洞（一刀对穿），命终算保下来了，但终身残疾。

惨案发生在炎热的八月，遇难者尸体迅速腐烂。第二天，当地村民将全部尸体掩埋在他们遇害的地点柏树坟，后人称作"杀人坟"。

"支那兵"与芝麻饼

当年北桥惨案，一种传说流传较广：有人将"支那兵"说成"芝麻饼"。"支那兵"是日军对中国军人的蔑称，而芝麻饼是海盐本地传统特色糕点，一般茶馆、糕饼店都有出售，是海盐老百姓喜欢的食品。据小曲村七十四岁王仁官老人回忆，日

北桥

本人进犯海盐北桥，当时有位在叶家桥旁边开"乙枝堂"中药店的老板，拖儿带女全家逃难来到北桥头。1938年8月2日早上，中药店老板十三岁的女儿一早走上北桥，准备去桥南茶馆里买零食，走到南桥堍时遇到一队荷枪实弹的日本军，小姑娘当场吓得有点蒙，一个日本兵走上前询问："花姑娘、'支那兵'的哪里有？"小姑娘将"支那兵"听成芝麻饼，随手指向北桥茶馆店，茶馆店的确有芝麻饼出售。日军一听茶馆里有八路军，向长官汇报，并立即出动水上汽艇，分水、陆路两路疯狂扑向北桥茶馆大扫荡，将茶馆内喝茶的歇脚的人全部抓了起来，制造了骇人听闻的"北桥惨案"。

一袋面粉救了一命

居住在方池路的徐肇本，是当年北门头米行的一位伙计，北桥惨案的见证者。他说："北桥大屠杀过去几十年了，每次回忆起来，仍旧触目惊心。"北桥大屠杀发生的那天是农历七月初七（乞巧日），这天，海盐人有吃南瓜面饼的习俗。那年徐肇本十九岁，在北门头"宣和泰"米行当学徒，米行老板一家逃难住在贞君堂西钱家场，他也住在老板家里。每天一清早，赶到北门米行开店营业。因为那天乞巧日，要吃面饼，上午十点钟，他返回钱家场时，老板叫他带上一袋面粉回去。因为肩上要背四十斤重的一袋面粉，他就抄近路走，从庆丰桥一直向西，经古荡河直达新木桥、贞君堂，是一条直线小路。一般大路（官路）是从酱园弄向西到太子庙南，经南桥、北桥，再到新木桥、贞君堂，是一条比较好走的路，路程远了一点。那天，徐肇本经过新木桥时，有几名妇女在等城里的家人返回，看见他从东面过来就问："南桥、北桥是否有日本兵？"徐肇本说："我是从古荡河来的，经过北桥河边，听到北桥茶馆里声音非常嘈杂。"

第二天早晨，徐肇本从钱家场走大路去北门开店，途经北桥时听人说："昨天日军把北桥茶馆里及附近路过的老百姓，杀死在南北桥之间柏树坟。"徐肇本走过南、北桥之时，目睹惨死的村民，大路边有六人，最多一处被刺刀戳死者有十七八人，其他三处分别有七人、四人、五人等，都躺在草地上、路边。后来幸存下来的三人，一人是北桥村民郑留法，一人是北门商贩，一人是弄口的鞋匠师父，因被戳伤不深，后被王德堪医师医好。徐肇本说："如果这天我空身走大路经过北桥，也会落入日军屠刀下。真是一袋面粉救了我一命。"

中华人民共和国成立后，为了牢记血泪仇，控诉日本侵略者在中国犯下的滔天罪行。"北桥惨案"幸存者郑留法，一直保存着遭日军刺杀时的那件血衣，以亲身经历控诉日本侵略者惨无人道的罪行，讲述"北桥惨案"死里逃生的亲身经历，血衣是日军屠杀北桥平民的铁证。后来，这件血衣成为海盐县开展爱国主义教育的活材料。

讲述者：王勤力、王仁官

时间：2021 年 8 月 25 日

地点：海盐县武原镇君原村村民委

海盐县武原镇天鸿名都小区

金凤与严世蕃的故事

　　明朝，海盐有一位有名的女演员金凤，是当时海盐腔戏文剧团的旦角。当时海盐腔正风靡大江南北，与余姚腔、弋阳腔、昆山腔合称明代南戏四大声腔。金凤貌美如花、身材曼妙、俏丽迷人，唱腔轻柔婉转、余音袅袅。每次演出《南西厢》，台下观众都听得如痴如醉，她是当时红极一时的名角。

　　海盐腔源自海盐，因形成于明代成化年间浙江海盐而得名，是元代海盐澉浦人杨梓与戏曲家贯云石对当时流行的南北歌调、民间小调加工而成的。采用官话演唱，而非海盐方言，受众广泛。历史上，海盐腔曾随着盐商们的脚步和官员们的遣调及文人雅士的传播，唱响大江南北。

　　明代嘉靖年间，严嵩独揽朝政，儿子严世蕃（东楼）要风得风，要雨得雨，官至工部左侍郎。严家父子当时权倾朝野，把持朝政，严世蕃利用各种手段大肆搜刮钱财，富可敌国，还欺男霸女。

　　当年，海盐腔腔调清柔、婉转，为官僚、士大夫所喜好。缙绅富豪宴请宾客时，往往招海盐腔弟子演唱。严世蕃痴迷海盐腔，东楼大人看中名角金凤，对她十分宠爱，包养在严府多年。严府宴请宾客时，金凤演唱海盐腔助兴，成为严府专属戏子，金凤生活上享受荣华富贵。当时严世蕃对金凤痴迷沉醉，一天到晚离不开金凤，白天没有金凤陪坐吃不下饭，晚上没有金凤陪伴睡不着觉，听戏更离不开金凤。但是，金凤在严家像一只金丝雀，也是身不由己。

岁月匆匆，时光流逝。金凤洗尽铅华，容颜衰老，严世蕃又另寻新欢遗弃了她。奈何红尘滚滚长江东逝水，一代新人换旧人，遥看旧人离愁恨，个中爱恨情仇，金凤冷暖自知。但是，金凤天生一副金嗓子，天生唱戏的金嗓子，生活无忧。她又回到阔别多年的海盐戏文剧团。当时，正是海盐腔在南方最为盛行时期，正好有一位在浙江为官的抗倭将领大司马谭纶，江西宜黄人，虽身为统兵将军，却对海盐腔十分着迷，流连忘返于其轻柔婉转的曲调、翩翩舞姿。谭纶还在军中养着一个专唱海盐腔的戏班子。

嘉靖四十年（1561），谭纶父死，谭纶回乡丁忧，将一帮海盐腔戏班子带回老家江西宜黄，金凤也跟随去了江西。谭纶让本来演唱宜黄腔的家乡子弟全部改唱海盐腔，因为他喜欢唱腔柔美，音发如丝，曲调"体局静好"的海盐腔。金凤作为名角在江西广昌、宜黄传教弟子，宜黄是江西有名的"戏窝子"。后来，当地演唱海盐腔的人数发展至一千多。海盐腔在海盐本土失传了三百多年，而远在江西抚州、广昌、宜黄，却异地生根开花。汤显祖的《临川四梦》中有海盐腔曲牌。

世道好轮回，苍天饶过谁。后来，严世蕃家势败倒台。一次，在排演剧本《鸣凤记》时，金凤自告奋勇，重新登场，亲自扮演剧中严世蕃一角。她因曾经居住在严世蕃家多年，知晓严世蕃玩世不恭的人品、欺男霸女的劣迹、无恶不作的丑恶嘴脸和残忍狠毒的手段。在剧中"世蕃奸计"一折，金凤把戏中的严世蕃表演得惟妙惟肖，入木三分，揭露严世蕃的种种罪恶。恶贯至此，终于满盈。然而，台下的观众却听得五味杂陈，不知金凤是因年轻时迫于无奈被东楼大人霸占，而年老色衰又被无情抛弃而怨恨在心，还是为社会大众伸张正义、痛诉奸臣？

据清人褚人获《坚瓠集》记载，严世蕃家的海盐优人金凤，在严家势败后，粉墨登场，扮演《鸣凤记》中严世蕃一角。严世蕃于嘉靖四十四年（1565）被腰斩。《鸣凤记》把夏言等反对奸臣严嵩的十位忠臣称为"双忠八义"，把他们前仆后继的反抗斗争精神喻为"朝阳丹凤一齐鸣"，把这场震动朝野的政治事件搬上戏曲舞台，及时反映了现实社会的政治斗争，引起广大观众的强烈共鸣！

传说，明代小说《金瓶梅》与严世蕃有着千丝万缕的关系，小说中的主角西门庆的原型就是严世蕃。严世蕃小名"庆儿"，号"东楼"，《金瓶梅》作者兰陵笑笑生将"东楼"化作"西门"，创造出这个小说人物，来影射严世蕃荒淫无度的生活。

金凤与严世蕃，曲终人散终有时，花落人亡两不知。这就是金凤与严世蕃的一段传奇故事。

讲述者：陶维安

时间：2012 年 12 月 13 日

地点：海盐县文联二楼

原载《南湖晚报》

社稷将倾有忠臣

在百步与于城交界的李（吕）冢港西岸超同村（原苞溪村）李家牌楼下，世代生活着一支李氏族人，其先祖李衍，工翰墨，文学家，元大德年间（1297—1307），奉朝廷之命从京都汴梁（开封）赴任嘉兴路总管府同知，后代世居李家牌楼下。中华人民共和国成立前，李家牌楼下有李氏家族一座进士牌楼、一座双忠祠、一座宗祠、一座学校（私塾）。

李家牌楼下，历史悠久，底蕴深厚，文风蔚然，人丁兴旺，诗书传家，李氏子孙严于自律，勤于读书。明朝初期，李氏家族考出两位进士：李景孟，明景泰年间甲戌进士；其子李苍梧嘉靖甲午举人，丁未进士。李氏家族建造了一座进士牌楼。这座进士牌楼，一是表彰族中文才之士，二是以示后人学习榜样。而牌楼下一座奇特的"双忠祠"，揭开明末清初，李氏两位官员李自明、李毓新宁死不降清、壮烈殉节的故事。

明末清初，鼎革之际，白云苍狗，中华大地风起云涌，大动荡期，国破山河碎。1644年，是中国历史上天翻地覆的一年，清军入主中原，战乱之下，无数百姓的噩梦就此开始。清军采取屠城政策来强行推行"剃发易服"，于是乎一场场惨无人道的大屠杀在中华大地上轮番上演。大批清军南下时，明朝一批爱国忠臣和明朝廷共存亡，殉节而亡。海盐李家牌楼有两位在朝廷为官的忠臣，一位是扬州训导李自明，一位是潮州司理、南明给事中李毓新，以及他们的儿子，皆殉难于抗清战场。

李自明

李自明，扬州训导，字先修，号少白，由贡生任扬州府儒学训导。他思想严明，遭马士英左右逼迫。当时南京失守，史可法在扬州竭力抵抗清军，下属官员望风而逃，李自明却代理多项职务，正常工作。

清顺治二年，即明弘光元年（1645），国难当头，兵部尚书史可法临危受命死守扬州城，李自明在扬州追随史可法抵抗清军。史可法拒绝接受清军主帅多尔衮的劝降书。当时弘光朝廷内阁首辅马士英，在江南操控江军十二万，京营六万。但是，他竟然坐观扬州惨败，不发一兵支援。等到清军渡河江南，马士英直接逃跑，南京城十几万官兵直接投降。扬州危在旦夕，无人增援。史可法坚守的扬州城也兵败如山倒。时年五月十日，扬州城破之日，史可法和知府任民育、提督总镇刘肇基等二百余名文武官吏壮烈殉难。在场的李自明说："生为明朝子，死为明朝臣。"坚决和扬州城共存亡，誓不降清，南望孝陵，正衣冠叩拜而自缢，壮烈就义。一起赴死的还有他的长子李麟友。李自明父子双双自缢殉节，国恨家仇，孤忠亮节。

扬州城军民抵抗得十分顽强，给清军造成很大伤亡。清军统帅多铎打开扬州城门时，大肆屠城，实施"扬州十日"，杀人十天，屠杀了八十万扬州老百姓。民谣："家家燕子巢空林，伏尸如山莽充斥……死者无头生被掳，有头还与无头伍。"真是血流成河，惨不忍睹。李自明追求忠义，从小读书立志以张巡、许远、南霁云为榜样，大丈夫应志在四方。李自明精通各种历史，升兵科。他的文采绚丽，文风正派，为人正直，著有《谪仙居稿》。

李毓新，家世科甲相望，毓新少有文名，食饩郡庠，始卜居郡城。崇祯乙亥（1635），拔贡人北雍，明代崇祯丁丑进士。官至兵部给事中，授潮州司理，能快速审理数十起案件。潮州山寇猖獗，李毓新剿杀寇贼十二次，受到朝廷表扬，升南都兵科给事中。清廉为官，身兼数职。捐款筑城，防止寇盗，潮州城得保安全。他战胜福建寇贼姜世英有功，与姜世英决战十多次，屡捷有功，改命巡江。

李毓新

弘光元年闰六月六日，为反抗清军暴行，嘉兴民众揭竿而起，推举已回乡的李毓新扬起"反清复明"旗号。清军在杭州闻听此事后，立即返回攻打嘉兴。六月二十五日，援军和乡兵分别被清军歼灭在麻雀墩、石灰桥。清军又从杭州调来三千人马，后半夜开始攻城，大炮不断轰击，守城义军逃走的很多。李毓新与徐石麟一起率领嘉兴居民英勇抵抗，终寡不敌众。六月二十六日凌晨，嘉兴城破时，李毓新战死在城南，徐石麟战死在城内。当清军攻进嘉兴城内时，李毓新次子李祯先拒绝向清军投降，抱着父亲的尸体恸哭而死，父子俩一起殉难。其妻萧氏闻讯率长子李裕长冒死将父子俩尸体抢回，归葬梅里。抗清官兵不畏死亡的壮烈之举，惊天地、泣鬼神。这次清军扬起罪恶屠刀，嘉兴城五十万人惨遭屠杀，史称"嘉兴之屠"。城内尸体遍地，泣声盈野，触目惊心。

李自明、李毓新两位明朝官员和他们的儿子，父死于忠而子死于孝，忠孝两全。李家牌楼下两位大明忠臣，一位战死扬州城，一位战死嘉兴城，其誓死效忠朝廷的忠义气节，令人感佩。复社诗人许灿赞曰："甘将碧血溅刀弓，万古孤臣正气同。"

明朝不和亲，不投降，真正实现了天子守国门，君王死社稷。特别是明朝的一批知识分子、官员，从小接受儒家思想，家国情怀尤为浓烈，在国家生死存亡之际，这些忠烈之士，或为封疆大吏，或为布衣文生，誓不降清，临危不惧，挺身赴难，殉节而死。

清乾隆四十一年（1776），朝廷为当年那些抗清死难的明朝士人平反，追节愍表彰。

赐　谥

清朝廷授赐制曰：征大节于临危，义傅授命，发幽光于易代，典备尊名，风教攸关。念遗徽之未沫，阐扬式逮期真品之不彰尔。明扬州训导李自明，追求忠义，效忠朝廷，与国共存。明潮州司理擢升兵科给事中，李毓新矢志不渝，立身有素，际限屯之运力，本难支完精白之名，心堪共谅。朕轸怀义烈，扶植纲常，核事迹之流传，允孚定论，举彝章之奖恤，克协芳称象，厥生平节愍为谥。于戏！丹诚可揭如传殉国之苦衷，碧血长埋，重示表微之公道，贲馨香而具体，慰重迟赍憾之，留表史册之垂声作在祀。笃中之劝，幽灵不泯，令闻为昭。

乾隆四十一年，追谥新节愍。

李自明、李毓新殉国一百二十三年后，清朝廷为其平反。李家牌楼下李族人合议商榷，在李氏宗祠东边，为李自明、李毓新建造一座双忠祠，纪念两位大明臣子、李氏后人的爱国壮举。

清乾隆后期，政权根基稳定，天下太平。为进一步笼络民心，清朝廷颁布，给为明殉节的英烈进行表彰。因为，皇帝要为明朝修国史，也会考虑将来他朝为自己朝修国史之事。《明史·忠臣传》记载抗清战死或自缢的官员，如袁崇焕、方孝孺、史可法、李自明、李毓新等;《明史·贰臣传》收录"有污点"的降清明朝官员，如范文程、钱谦益等;《明史·逆臣传》收录背叛君主皇权思想，大逆不道的官员，如严嵩、魏忠贤等。

扬州训导李自明、兵科给事中李毓新，明末时以身殉节，李氏族人建造祠堂奉祀，名为"双忠祠"。

如今，随着岁月流逝，历经千年风雨的李家牌楼、双忠祠、李氏宗祠、私塾，在1963年"四清运动"和1966年"文化大革命"中全部被拆毁，早已消逝在历史的地平线上。但是，李氏族中明朝两位忠臣李自明、李毓新的英雄气节世代犹存。

讲述者：李生生

时间：2020 年 4 月 20 日

地点：海盐县百步镇超同村

第六章

民间故事

金缕衣

南山村有个王老汉，一天，背着箩筐上山去砍柴采草药，看见光秃秃的南山悬崖上，生长着一朵白色的水仙花，绿色的茎秆，白色的花瓣里抽出黄色花蕊，好像一位美丽的仙子。王老汉就爬上去把这朵水仙花摘下来放进箩筐里，带回家给家里两个女儿大凤、二凤戴上，一定非常好看。

回到家里，王老汉把这朵漂亮的水仙花拿出来给两个女儿看。爱美之心，人皆有之，大凤、二凤看到这么漂亮的鲜花，喜欢得不得了，捧在手里夺来夺去，大凤拿来插在头上，照照镜子，真的很美啦！姐妹俩说好每天轮流戴花，也算公平。

可是，自从王老汉采来这朵水仙花后，他三日两头头痛发热、心口发堵、浑身不舒服。大凤、二凤心急如焚，请来附近有名的王郎中看病把脉后，开几贴中药，吃了几天也不见病情好转。于是，南山村里一些老人窃窃私语道：这老头子可能遇上不干不净的"脏东西"了。

说来也真奇怪啊！一天晚上，王老汉躺在床上迷迷糊糊，睡梦中，眼前突然出现一条黑龙，黑龙瞪着两只大眼睛对王老汉说："老头，你知道吗？俗话说：'没有规矩，不成方圆。'我们南山上有个规矩，谁摘了这朵水仙花，谁就要和我成亲。"王老汉吓得从梦中惊醒过来，急忙说："请龙王爷恕罪，我只是一个糟老头子，无意冒犯大神，求您饶了我吧！"黑龙却板着脸说："不行，不行！那就叫你家里人来代替！我住在南山黑龙洞。"说罢，刮起一阵黑旋风，立即消失得无影无踪。

　　第二天早上，王老汉把黑龙要求成婚的荒诞之事告诉两个女儿，懊悔自己无心摘朵水仙花给她俩戴，却给家里闯了一个大祸。大女儿大凤一听，不高兴了，翘起嘴巴嘟囔道："谁招惹的祸，谁去了结，我可不高兴嫁给黑龙！"王老汉只好长长地叹了一口气。自责道："前世作孽今世休！无意间摘一朵花，招来大祸，害得家里不太平！"

　　这时，站在一边的小女儿二凤却对父亲说："爹，我愿意去，就算女儿对父亲二十多年养育之恩的报答。"王老汉只好无可奈何地说："那好吧！"

　　这天一早，王老汉替二凤简单置办了些嫁妆，含着眼泪送她进南山去。

　　父女俩一路上走走停停，停停走走，心里十分无奈。他们来到了南山黑龙洞，黑龙在山洞口等他们，一见面，原来这黑龙是个浑身漆黑、身体结实的小伙子。王老汉把二凤送到山洞口，对黑龙交代几句话，说："你要好好对待二凤，她人善心慈。"黑龙点点头。王老汉便唉声叹气，气冲冲地转身回家了。

　　当二凤走进山洞，看到山洞里面昏暗灯光下，地上放着很多金银珠宝，金灯盏盏挂头顶，金床、金椅、金桌子，还有两个女仆正在布置新房。黑龙把二凤带到一个女仆面前交代几句，女仆给二凤换上红色的绫罗绸缎裙。黑龙和二凤就算成亲了。婚后黑龙对二凤十分关心体贴，还特意送给她一件金光闪闪的金缕衣，整件衣服用丝线和金线织成，十分华丽富贵，价值不菲。二凤穿在身上又轻柔又软滑，亮晶晶好看极啦！

　　时间一天一天过得很快，转眼二凤到黑龙洞一个多月了，她想念自己的老父亲和亲姐姐，便把这思念之情告诉了黑龙，说："我离家已一个多月，十分想念家里，想回家一趟。"黑龙爽快地同意二凤回娘家的事，并关照她多住几日，陪父亲多说说话，和姐姐多玩玩。

早上，二凤高高兴兴梳妆打扮一番，画上柳叶眉，抹上腮红，嘴上樱桃红，头发盘成发髻，插上一支亮闪闪的金钗，穿上漂漂亮亮的金缕衣，手里拎一只精巧的小提箱，开开心心地回娘家了。黑龙送她一半路程后回去。

当二凤走进南山村村口，全村的人都来看热闹，特别是村里的小媳妇大姑娘们，看到二凤身上穿着金灿灿的衣服，打扮得端庄贵气，和以前判若两人。真是：人靠衣装，佛靠金装。大家把二凤拦在村口，赞叹二凤好福气。张嫂说："女人啊，生得好不如嫁得好！"李嫂说："爹好、娘好，不如自己命好！"女人们争先恐后地摸着二凤的金缕衣，这么金贵的衣服，村里人可从来没见过啊，摸一摸沾点福气也好，既羡慕又妒忌，都说二凤嫁给黑龙真是享福啦！

这时，大凤从家里走出来，望见妹妹站在村口，被村里一群女人围得水泄不通，连忙走上前去迎接。一眼看见妹妹一身亮晶晶的衣服，富贵华丽，像个贵夫人。大凤眼睛睁得像铜铃，嘴巴张开合不拢。她拉着二凤说："啊呀呀！我的妹妹好漂亮啊！啧、啧，这身打扮，连姐姐我都快认不出来了！"二凤红着脸，让姐姐上上下下看个够，拉着姐姐一起回家去见父亲。

王老汉看到二凤回来了，高兴得热泪盈眶，忙问："二姑娘，在那边过得可好？黑龙待你怎么样？那边的生活习惯吗？"二凤说："那里一切都好，请父亲放心。"

吃过中饭，大凤笑嘻嘻地对二凤说："妹妹，我们好久不在一起玩了，下午，我带你到海边去游玩，看看大海，好吗？"听说要去海边，从小在海边长大的二凤，好久不见大海了，迫不及待地也想去看看大海，开心地一口答应。

当二凤和大凤姐妹俩手挽着手来到海边时，大海正在涨潮，一望无际的海面上白浪滔滔，海里掀起"轰隆隆""轰隆隆"一个又一个巨浪。大凤笑眯眯地对二凤说："妹妹，你身上的这件金闪闪的衣服，真是漂亮极了！要不脱下来借姐姐穿穿看，好让我也过过瘾？"二凤与姐姐一直很亲近，一听姐姐要借她的金缕衣穿，想都不想，一口答应。马上脱下金缕衣让大凤穿上。

再说，俗话说：一娘生九子，连娘十条心。大凤与二凤虽是同胞姐妹，但性格截然不同。二凤心慈人善，大凤自私、贪婪、歹毒，她早就心怀鬼胎，对二凤如今的生活忌妒死了，后悔当初没有嫁给黑龙，白白错过机会。此时，大凤穿上二凤的金缕衣，高兴得手舞足蹈，左看右看，又拉着二凤走到海塘边，说要在海水里照一照，看看这衣服穿在身上漂亮不漂亮。二凤说："姐姐好糊涂啊，海水正在涨潮，多危险啊！况且，海水混浊不清，怎么照得出人影呢？"大凤却非要拉二凤过来照，一边拉一边说："照得出！照得出！你看！你看呀！"一拉二拉，二凤一不小心，就被大凤推入海水里。这时候，海面上潮水一浪高过一浪，轰隆隆一个巨浪猛扑过来，瞬间，二凤被汹涌的大浪卷走了……

此时，大凤一个人假装哭哭啼啼地跑回家，见到父亲说："爹，不好了，出大事了，刚才我和妹妹在海边玩，妹妹说要把新衣裳借给我穿，谁知一个大浪头打过来，不巧把妹妹卷到海里去了，这可怎么办呀？"

王老汉用责疑的眼光看着大凤，说："你带出去的人，怎么带不回来了？这下看你怎么向黑龙交代？"王老汉马上让大凤带路来到海边，在二凤被卷走的地方，大声叫喊："二凤！二凤！你在哪里？"洪亮的声音回荡在海面上，经久不息。大海像发疯似的浊浪滔天，二凤再也听不到父亲的呼叫声了……

王老汉和大凤回到家里，他气得连饭也吃不下去，不停摇头叹息，二凤真是人善命苦，无福享富贵。又转过身对大凤说："既然现在这件衣服穿在你身上，那你去跟黑龙交代吧。"

大凤巴不得父亲说出这句话来，心里喜滋滋的，便装腔作势地说："妹妹真命苦，大海太无情，海水太可恶！"

第二天，王老汉流着眼泪带着大凤进山，来到南山黑龙住的黑龙洞，就把二凤掉入海里的事情一五一十地讲给黑龙听，并说愿意再把大凤嫁给黑龙。黑龙听了，叹息道："人死不能复生，只可惜二凤命薄福浅，那也是没办法的事。"就把大凤留了下来。

晚上，黑龙和大凤准备一起入睡，当大凤脱下身上的金缕衣，放进二凤平时用的箱子时，瞬间，金缕衣变成一条金闪闪的火赤链蛇，凶猛地蹿出来，咬住大凤的喉咙，一口把大凤咬死了。

这真是：

劝君莫惜金缕衣，命里有时总须有。

命里无时莫强求，伤天害人自作孽。

讲述者：储全英

时间：1987 年 8 月 13 日

地点：海盐县沈荡镇中市街朝阳商场

原载《南湖晚报》

月亮里的树丫杈

每年八月半，天上月圆，人间人圆。中国天南地北的老百姓家家户户吃中秋团圆饭，人人吃月饼。晚上吃月饼时，望到天上月亮里的仙人吴刚正在砍桂花树。据说，他一年砍到头，只有八月半砍下一枝树丫杈。那么，这枝树丫杈又落到啥地方去了呢？这里还有一个故事。

很早以前，人间的老百姓日子过得很苦，经常吃不饱穿不暖，有时还要和动物抢食物。月亮里砍树的仙人吴刚看到了，心里也很难过，有心想要帮帮这些穷人的忙。

这一年八月半晚上，吴刚把从月宫里桂花树上砍下的这枝树丫杈朝下面一丢，树丫杈正好落在张家门前晒场上。张三早上出门，看见晒场上有一枝树丫杈，便拾进屋里，随意放在家里墙角。

晚上，夫妻两人吃好夜饭，看着这枝树丫杈，商量着它能派点啥用场。做成啥农具好呢？张三说："大用场是派不上，当柴烧么有点可惜"。东想西想想不出好办法，就对老婆说："就把这枝树丫杈做一只升箩（量米器具），家里量米也用得着。"

第二天，张三拿起树丫杈去村里张木匠家，叫他做一只升箩，张木匠说三天就能做好。过了三天，张三去张木匠家，升箩已经做好了，他拿着这只新做的升箩回家。

奇怪啊！张三老婆自从用新升箩舀米，米囤里舀来舀去米就是舀不完，这升箩好像是只"聚宝盆"。夫妻俩开心得合不拢嘴，心地善良的张三想，我家有舀不完的米，吃饭不用担心了。

可是，村上穷人家经常吃了上顿没下顿，既然老天送我这只聚宝盆，我也要让大家有米烧有饭吃。就把这只升箩借给左邻右舍去舀米，家家米囤里有舀不完的大白米。所以这一年，村里人人吃饱了肚皮，家家过上了好日子，都说是这只神奇的升箩帮的大忙。

第二年八月半又到了，吴刚把砍下来的树丫杈又朝凡间一丢，树丫杈飘飘荡荡正好落在李家门前晒场上。李四一早开出门来，看见晒场上有一枝树丫杈，便拾起来扔在旁边。

过了几天，农忙要开始了，李四夫妻俩商量着把这枝树丫杈做成啥东西好。说大不大，说小不小，派啥用场呢？李四搔搔头皮对老婆说："我家的舀子柄断掉了，就做只舀子柄（浇菜的农具）吧。"老婆点点头说："好啊！好啊！"

李四也把树丫杈拿到张木匠家去，张木匠说能做一只舀子柄。过了几天，李四家的舀子做好了，李四用来舀粪，舀来舀去舀不完。李四不相信，叫村上家家户户来他家的茅坑舀，还是舀不完。因此，这一年，田地里的庄稼长得特别茂盛，农民有吃不完的各种食物。

不过这样一来，月亮里砍树的仙人吴刚就生气了，他说："凡人不识好歹，不把送给他们的宝贝好好使用，大材小用，真是作孽！"

从此，每年八月半晚上，吴刚就把砍下来的树丫杈朝大海里一丢。地上的人们再也没有拾到过神奇的树丫杈啦！而广阔无边的大海里，却多出了许许多多稀奇古怪的宝贝。

讲述者：吴小宝

时间：1987年6月8日

地点：海盐县沈荡镇中市街102号

原载《南湖晚报》

小木匠和小龙女

一天，东海龙王的两个儿子，变成两条大鱼出海游玩。它们躺在海面上惬意地吹着海风，玩得很起劲，玩着玩着竟然忘记了回家的时辰。一个打鱼人的渔网撒下去，正好一网把两兄弟捞进渔网里。这可怎么办？弟弟机灵，"啪！"一跳，跳出渔网逃走了。而身体沉重的哥哥，跳来跳去却跳不出渔网，就被捕鱼人捉牢了。因为捕鱼人家里实在太穷了，鱼拎回去还不舍得吃，又把这条鱼拿到街上，卖给望海镇上一家鱼行，得了几文钱回家了。

这时，一位敦敦实实的小木匠，挑了一副木匠担正好路过这家鱼行，看见鱼行的鱼筐里一条大鱼眼泪汪汪好像在哭，一副可怜相。善良的小木匠放下木匠担，去旁边朋友那里借来几文钱，买下这条鱼后，随即拿到大海边把它放回海里去了。

过了两天，小木匠家里来了个瘦骨伶仃的小伙子，说要请小木匠到他家里做几样家具。小木匠一口答应："好的！好的！"马上收拾好东西跟小伙子去了。

小伙子的家住在海里，小伙子用一块黑布把小木匠的眼睛蒙上，用手拉着他一起走到海里，海水见了马上朝两边分开，给他们让出一条路。一会儿，到了小伙子家里。小木匠摆开场子开始做家具，桌子、台子、柜子、凳子等，一做做了七七四十九天，做好了小件、大件很多很多家具。木工活做完了，小木匠便要回家了。小伙子说："你的手艺我很满意。"付给他双倍的工钱，小木匠却一定不要，还客气地说："我在你家住了这么久，吃得好、穿得好、住得好，怎么还好意思收你的工钱呢？"

小伙子见他一定不收工钱，觉得非常过意不去，就把家里的一只小白鸡送给小木匠。然后，又用布蒙上小木匠的眼睛，叫他抱着小白鸡回家去。奇怪啊！小伙子抱着小白鸡走出东海龙宫，海水立即朝两边分开让出一条路，一歇歇工夫，小木匠带着小白鸡回到了家里。

这时，正赶上农村里种田农忙季节，小木匠也要忙着种自己的五分田地。一个单身汉，忙了外头田里，就顾不了屋里，天天忙里忙外，忙碌得连烧饭也没时间。一天，小木匠从田里收工回家，一看锅子里的饭已经有人帮他烧好了，蒸架上还蒸了一碗水花蛋。咦！是谁帮我烧的饭？这时，小木匠早已饿得肚皮叽里咕噜打乱仗，不管三七二十一，填饱肚皮再说。吃过饭，去问邻居王奶奶，家里的饭是她帮忙烧的吗？王奶奶说："没有啊！"又去问李婶，也说没有去过他家。奇怪！哪位好心人烧的饭呢？

第二天，小木匠从田里干活回来，家里的锅子里的饭又烧好了。他越想越奇怪，天下竟有这样的好事。我要想办法找到那个帮我烧饭的好心人，当面感谢！

第三天，小木匠出门之后，在田里转了一圈特意早早地回家。当他走到自家屋门口，见烟囱里正在冒烟，便轻轻地走过去，一把推开门，看见灶脚边有一大堆白鸡毛，灶口突然钻出一个漂亮的姑娘。小木匠走过去问："姑娘，你从啥地方来？为啥要帮我烧饭呢？"

姑娘想了想，既然已经被你撞见了，就明说了吧，她讲："我是东海龙王的小女儿。上次你救了我大哥的命，我大哥叫你来我家做家具，是想报答你的大恩，多给你些工钱，你又不要，所以就把我送给了你！"

"哦，原来你就是小白鸡啊？"

"嗯！嗯！"

说着，两个人你一句我一句，越说越投机。小木匠红着脸说："可是，我穷得叮当响，孤单单一个人，难道你愿意帮我烧一辈子饭吗？"小龙女笑笑，点了点头。

于是，小木匠就和小龙女拜堂成亲，男耕女织，日子过得一天比一天好起来。

一天，村上张财主来小木匠家里收田租，看见小木匠婆了个这么漂亮的老婆，就眼红起来。张财主回到家里，一天到晚想着小木匠家的女人，想出了个坏主意，村里有爿南桥断了好几年："对！就说桥！"张财主马上跑到县衙门去告状说："小木匠天天到南桥堍扳鱼，那爿南桥肯定是被他扳断的，要让他出钱造桥！"

县官不问青红皂白，就把小木匠叫到县衙，限他两天内把这爿南桥造好，不然要抓小木匠去坐牢。小木匠一听，气得愁肠百结，真是急死人！回到屋里把这件事情一五一十对小龙女讲。小龙女说："不要紧，不要紧，这点点小事体，你怕啥？"小龙女连夜赶到南桥堍，随手解下腰里的白绸带，朝河对岸轻轻一抛。哈哈！白绸带马上变成一座石板桥啦！

第二天早上，县官带一帮人到南桥来查看，南桥明明好好的，一点也没坍，是张财主瞎三话四，就回去把张财主臭骂了一顿。

张财主想不通，明明是断桥，咋一夜天变成石板桥，难道你小木匠有这么大本事？又想出个鬼点子，说："村里有座'南官庙'，被小木匠拆掉，梁条木头被他用来造家里的房子，这是与神灵作对，要让他出钱重新造好。"县官又传小木匠去县衙，要他把南官庙造好，不然要抓他去修长城。小木匠说："南官庙倒塌了好几年。"回到家气哄哄，饭也吃不下。小龙女问他又遇到啥难事？小木匠说："南官庙倒塌了多少年了，他们硬说是我拆下来造自家房子，真是黑白颠倒！"小龙女说："不急，不急，我有办法。"小龙女连夜来到庙基上，长袖抛三抛，吹上几口仙气，马上一座气势庄严的南官庙造好了。

过了一天，县官又派人去查看，南官庙不是好好的在那里？还香火缭绕。县官又把张财主骂得狗血喷头。

可恶的张财主不死心啊，难道你小木匠有通天大的本事？又想出一个坏主意来，对县官说："我们村上坟地的树都给小木匠砍光了。老话说，水过地皮湿。这个小木匠厉害啊，是雁过拔毛，吃百家饭回家，每天路过坟树地顺手牵羊，砍一棵坟树带回家去做家具卖铜钿，这还了得啊！这可是灭祖宗的事情呀！"

县官听了张财主的一番乱话诉说，又把小木匠叫去，问："听说你们村上一片坟地的树，都给你这个小木匠砍光了。"小木匠说："这批树早几年前就枯死了！你可以去问问村里人！"县官面孔一板，惊堂木一拍，对小木匠说："不行，你明天就去种上一批树木，老爷我还要亲自去查看！"

小木匠回到家里，气得直骂娘，明明是张财主和县官串通一起来栽赃的事。小龙女一问，原来是种树的事啊，不急！不急！就连夜去量了一升树籽，撒在这片坟地上。

这天，县官带上一大批衙役，坐着一顶轿子笃悠悠地来查看，只见坟地上树木密密层层，多得不得了。县官心里气呵！这个穷小子又破解了难题？真是"行灶里烧柴，有火发不出"。他想，这个穷木匠哪里来这么大本事？说不定他真的遇着神仙啦！县官将信将疑来到小木匠家里，一看，果然小木匠家里有一位漂亮的老婆，真像是仙女下凡。啊呀呀，真漂亮，比我县太爷的老婆还要漂亮呢！这还了得！

县官也动起了歪心思，就对小木匠说："小木匠，你明天给我送十八条鲫鱼来，条条都要一样重来一样大。如果拿不出来，就拿你老婆作抵押！"

到了晚上，小木匠和小龙女夫妻俩开起石磨磨起面粉来，磨好粉，小龙女用面粉做了十八条一样大小的鲫鱼，放在蒸架上蒸熟后，再撒上一点干粉，放到水桶里，哈哈！十八条鲫鱼，在水桶里游来游去，一样重来一样大。小木匠开心呵，这下看你县官还有啥闲话讲！

这天清早，小木匠用两只水桶，各装了九条活蹦乱跳的鲫鱼，一担挑起两只桶，一路上信心满满送到县衙内。县官一见，瞪大了眼睛，好你个小木匠，艳福不浅啊，真是遇到神仙了！眼睛一眨计上心来，又说道："明天再送十八只龙虾来，只只都要一样重来一样大。你拿不出来，就拿你老婆作抵押。"

小木匠回到屋里，跟小龙女说了县官的无厘头要求。小龙女照式照样用面粉又做了十八只龙虾，一样大来一样重，放在水桶里上下乱爬。

早上起来，小龙女和小木匠夫妻两人一道进城，去见这位不怀好意的县官。县官见小龙女也来了，笑眯眯地说："小娘子真是七窍玲珑心，这些鱼虾都是你变出来的吧？"

小龙女气呼呼地"呸"一声，说道："好你个县官，你一句话来伤个情，两句话来招个怪。笑里藏刀耍无赖，真是个无赖坯！"

县官眼珠子一转，接着说："啥？你说我是无赖坯？好！好！我今天就要一只无赖坯，你马上给我拿出来。拿不出，休想走出县衙半步！"

小龙女问："你要大点的呢？还是要小点的？"县官说："我要大的，越大越好！"

小龙女马上跑到大海边，用手在一块青石上拍了三拍，朝大海里叫了一声:"无赖坏,出来!"突然,一只形状千奇百怪、奇丑无比、黑不溜秋的无赖坏,从大海里钻了出来,一颠一颠地跟着小龙女来到县衙的大堂上。

县官走过去就问:"无赖坏,你想要吃点啥?"

小龙女说:"它要吃六盆炭火。"

县官一挥手,立即命衙役马上搬来六盆炭火,无赖坏张开大嘴巴,一歇歇工夫就把六盆炭火全部吞进肚子里啦!

无赖坏吃完炭火,放了一个响亮的臭屁就飞走了。衙役们要去捉,哪里捉得牢?倒是这个屁厉害,一下子变成了一团熊熊烈火,把整个县衙都烧着了。这时衙门里一片混乱,逃的逃,喊的喊,墙倒梁落房塌了,县官也被活活烧死啦!

小木匠和小龙女,两人高高兴兴地回家了……

讲述者:吴小宝

时间:1987 年 2 月 18 日

地点:海盐县沈荡镇中市街 102 号

原载《南湖晚报》

两个奇怪的乘船人

从前，有个叫何阿仁的手艺人，一年到头在外面做手艺活，走村串户匝桶、磨剪刀。他手脚勤快，省吃俭用，在外面奔波了一年，吃过用过身上总算积攒下来十两银子。年关将近，何阿仁花半天时间，整理好做手艺的各种用具，归心似箭，想早点回家去过年，家里老婆、孩子还在等着他把赚的钱拿回家，买年货过新年呢。

这天，何阿仁乘了一艘夜航船，黑夜里，航船行驶在黑咕隆咚的河里，速度很慢。忽然，河边一幢房子里传来吵吵闹闹的声音，男的说："我死，你不要死！"女的说："你不要死，我死！"还夹杂着小孩子的哭叫声，听得叫人心惊肉跳，啥人家要过年了，还在争着寻死寻活啊？

阿仁急忙叫船老大靠岸停一下船，想上去看个究竟，看这户人家究竟发生了啥个要紧事体。夜航船停靠在岸边，何阿仁跳上岸，急乎乎走到那户人家门前，推开门一看一家四口人，男的抱着一个瘦得像芦柴棒一样的小男孩，旁边还拖着一个小女孩，哭哭啼啼要去投河。女的呢？一根绳子早已挂在横梁上，要上吊。阿仁看到一愣，就问："你们为啥都要寻死寻活呢？死了你们的小孩咋办？不为自己考虑，也要为一双儿女想想，没有爷娘的小囡像棵草啊！两个大人晓得哇！"

女人说："家里穷得锅底向天了，一分钱也没有了，还欠着一屁股债，怎么过年啊？实在没有办法了！倒不如死了一了百了！"何阿仁叹了口气说："死也不是办法呀！"想想自己袋里仅有的十两银子，也是拿回家去准备过新年，老婆孩子盼星星盼月亮等着用的呢！但是，俗话说："救人一命，胜造七级浮屠。"何阿仁就摸出自己袋子里的十两银子，放在桌子上，男人乍一惊，连忙摇摇头说，你我素不相识，不能无缘无故收你的银子。阿仁说："千万死不得，困难总会过去的，如果十两银子能救下你们一家四条命，我也心满意足了。"说完走出门，乘船离去了。

从前慢，行路难。夜航船刚刚撑开，又听到前面有人在喊："船家！搭个便船！"阿仁叫船工让他们搭一程路吧，大家都赶着要回家去过年。船一靠岸，只见上来两位穿着长衫的男人，头戴黑色红顶瓜皮帽，身穿黑色长衫马褂，脚穿一双长筒靴，掖里挟一本账本，好像是账房先生。这两个人看起来蛮特别，一上船，自顾自坐在船头上翻账本，嘴巴里叽里咕噜说一通，不知说些啥？阿仁劝他们说："船头上太冷了，你们坐到船舱里来吧！"喊了三遍，那俩人却只管说话，理也不理他。阿仁见他们不应答，顺便探出头去看他俩手里的账簿，一看，吓了一大跳，原来账簿上白纸黑字写得清清楚楚：何阿仁明年正月十五躺在门板上死。啊！啊！这不是阎罗王的生死簿吗？阿仁马上吓出了一身冷汗，手脚冰凉，牙齿咯咯响，连忙缩回到船舱里去，不敢再说话了。

过了一会儿，夜航船到达对岸，两个乘船人不声不响地上岸走了，船钱也不付，谢也不谢。船工对阿仁说："刚才两个好像是阎罗王的查账鬼？"阿仁心里明白，只是支支吾吾眨眨眼睛点点头。

当阿仁回到家里，老婆向他要钱买年货，阿仁只好把刚才路上遇到的事，一五一十地跟老婆秀美讲一遍，秀美想：你既然把银子送给人家是救急，也是行善积德，自己和孩子们艰苦点过个清苦年算了。

过了年，何阿仁又要外出做生意去了。他知道自己寿命只有一年了，因此，这一年手艺做得格外卖力，总想多赚点银子留给家里的妻儿。一年四季，春风夏雨秋霜冬雪，时间飞快，又到了年底，做生意赚的钱吃过用过，何阿仁这一年好不容易积下二十两银子，心里暗自开心，盘算着银子拿回家去买啥，年货要买，给家里每人做一身新衣服，旧房子要修一修。一时也想不好，好比十五只吊桶打水——七上八下。

这天，何阿仁又乘夜航船回家过年。航船开过原先那户要寻死的人家时，阿仁特别留意，竖起耳朵听听，屋里怎么一点声音也没有，又放心不下，便叫船工靠岸停船，再走上去看看这家人家的情况。

当何阿仁轻轻一推门，只见一盏昏暗油灯下，两个小孩正在剥豆。阿仁问："阿爸、姆妈到啥地方去了？"大一点的小姑娘说："阿爸出去做长工还没有回来，姆妈帮邻居做年糕去了。"阿仁松了一口气，将心比心，人家一家日子过得多少有些艰难，还是送佛送到西天，好事做到底吧！又从袋里摸出十两银子，放在桌子上，对小姑娘说："等阿爸、姆妈回家，交给他们，买点年货开开心心过个新年！"哎！穷人的日子过得不容易啊！心酸啊！转身走出门，乘船回家去了。

回到家里，把家里的旧房子修好，过年了，给每人做一身新衣服，买两斤肉、一条鱼，全家总算开开心心过了个新年。过好年，一转眼正月半到了，阿仁心想，反正今年自家的寿命要到了，死就死吧，卸下一块门板，放在正屋间里，衣服穿好，闷声不响一个人躺在门板上，等死。

正在这时，从门外跑进两个男人来，这不就是上次乘船的两个账房先生。俩人脸上笑嘻嘻，一把把阿仁从门板上拉了起来，说道："好了，好了，你不用死了。"为啥？因为你良心好，做了两件好事。第一件拿自己的辛苦钱用在人家的"刀口"上，救下了四条人命；第二件拿自己的辛苦钱用在人家的"关口"上，让人家过了个安心年。这两件事情是雪中送炭，难能可贵。俗话说："积德无须人见，行善自有天知。"善良之人，必有好报。所以，阎罗王要再放你多活五十年。说完，两个查账鬼扬扬手里的账簿走了。

讲述者： 吴小宝

时间：1987 年 3 月 10 日

地点：海盐县沈荡镇中市街 102 号

原载《南湖晚报》

大蛇记

相传，东吴黄龙年间，古海盐（华亭）县北乡亭里，发生了一件大蛇报复人的诡异怪事。

有一位中原南迁的名士叫陈甲，祖籍下邳，寓居海盐（华亭）县。陈甲擅长狩猎，经常约上一群南迁同乡文人名士一起打猎。历代文人喜欢游山、玩水、访古、寻幽，寻求心灵的惬意。

北方地区崇山峻岭、茫茫草原，人们擅长打猎骑马射击，这些北方人来到南方海盐，经常去县城东北的一片草丛里打猎。一天，陈甲和一群同乡文人，去北乡亭郊游。突然，他看到草丛里静静地躺着一条大蟒蛇，长六七丈，蛇身五颜六色，大得像一艘船。这天天气很热，大蛇好像昏倒在草地上。陈甲要表现自己的打猎技术，叫几位朋友在旁边观看，自己用手里的弓箭连发三箭，当场把大蛇射死了。朋友们连连夸他好箭法，真是一位有胆有勇、能文能武的真爷们！

三年之后，一天，爱好狩猎的陈甲又和一群朋友来到北乡亭的草丛里打猎。此时，他非常自豪地对朋友们说："三年前，我在这里打猎时，射死过一条像船一样大的大蛇，你们说厉害吧！"朋友们纷纷称赞他为侠义之士、血性男儿，真是胆大的勇士。陈甲听得满脸笑容、扬扬得意。大家玩得差不多了，各自回家去了。

可是，这天夜里，陈甲做了一个梦，梦见一位身穿一身乌衣黑帻的男人，气势汹汹地责问他，男人说："当年我喝醉了酒，昏睡在草地上不省人事，你为啥要无缘无故射杀我，当时我喝醉了酒，没有记住你的模样。所以三年了，还不知道杀我的人是谁？怨无主债无头，今天你就是来送死的！"

第二天早上，陈甲从睡梦中惊醒过来，大汗淋漓，胡话连篇，霎时，感到腹痛难忍，倒地而死。

（这则故事与《搜神记·华亭大蛇》相似，干宝当年在海盐也听到了这则奇闻，收入书中。）

讲述者：陈唐

时间：2013年12月6日

地点：海盐县武原镇油厂弄6号

孽蛇审冤

明朝万历丙子年间，海盐县发生了一桩离奇的人命案。

一天，海盐县衙正在大堂上审理一桩谋财害命的案子。突然，房梁上掉下一条碗口粗的七彩大蛇，把正在被审问的一对兄弟当场活活咬死，成为当时街头巷尾谈论的一大奇闻。

相传当年，海盐澉浦城西张家村有一对兄弟张大郎和张二郎，两人是村里出了名的好吃懒做坯，还贪得无厌，而且良心很坏。他们有个本家亲叔叔张达明，老实本分，勤劳善良，婶婶也是个心地和善的老好人，儿子张三聪明勤劳，天天忙碌在自家的田地里，从鸟叫做到鬼叫，把五亩薄田做来蛮好，年年丰收，一家人靠吃苦耐劳勤俭节省，日子还算过得去。

然而，张家俩兄弟天天在家里，懒惰成性不去田里干活，却时时盘算着叔叔家的田地，三番五次寻叔叔家的事情。一天，张大郎对张达明说："叔，我家上岸头水田里的肥料都流进你家田里了，你这一亩田吃足了我家的肥料，田归我家算了。"别有用心地想把叔叔家的田地占为己有。叔叔是个老实人，为了求太平，怕自窠里鸡斗——难听，被村里人看笑话，忍让这个无赖坯算了。可是，过了两个月，张二郎也来叔叔家说："你家南洋口稻田里的虫子都飞入我家田里了，损失了要赔，田归我家算了。"明摆着要想霸占，老实巴交的叔叔一家争不过这两个凶狠霸道的侄子，打落牙齿肚里吞，苦不堪言，自认倒霉。人家都是氏族里人互相帮助，他们却氏族里人自相欺负。

但是，贪婪的张氏兄弟却贪心不足，得寸进尺，又在盘算叔叔家的五间房子。

张家两兄弟密谋很久了一件事——除掉叔叔一家门，这样，他家的田地房屋顺理成章全部归他们兄弟俩。可是，兄弟俩最担心叔叔家聪明机警的儿子张三难对付，就设计一条毒计谋害张三。

一天，张大郎对堂弟张三说："阿三，我们兄弟三人好久没有一起喝酒了，今天晚上你来我家喝酒，三兄弟有事情商量。"张三想，堂哥请他喝酒，是看得起他，还有事情要商量，要去的。

晚上，张三如约来到张大郎家里，一进门，堂嫂已经烧好一桌丰盛的小菜，大郎二郎正坐在八仙桌前等着他，桌上放着三瓶黄酒，阿三刚坐下，哥仨你一盏我一盏地喝起来。几杯酒下肚，张大郎说起了童年往事，阿三很高兴，所以喝得有点多。张大郎兄弟俩再给他倒酒劝酒，说多喝点，黄酒能养生。喝着喝着，阿三喝下两瓶黄酒，只感到头昏目眩，很快醉得不省人事了。大郎两兄弟却说，看来你酒量不行啊！马上把昏沉沉的张三拖进里屋，拿出事先准备好的一根麻绳套住他的头颈，活活把他勒死。然后，把尸体装进一只大麻袋，趁着夜黑，两人一起把麻袋扛到青山脚边，扔进了钱塘江里。

第二天，张大郎、张二郎又来到叔叔家里，恶狠狠地逼着叔叔婶婶交出房契、田契，又把叔叔婶婶用绳子勒死。叔叔十二岁的孙子小虎躲在里屋门角落里，亲眼看到爷爷奶奶被两个堂伯伯逼死，吓得要命，懂事的小虎连夜悄悄地逃走了。

第三天，张大郎和张二郎发现小虎不见了，就在村里到处找人。张大郎说："斩草必须除根，以绝后患。"俩人就发疯似的到处寻找，追杀小虎。

一个月黑风高之夜，张家两兄弟来到澉浦城西小街一条弄堂搜寻，在一处昏暗的角落里找到了小虎，说："小虎，伯伯们到处寻你，跟我们回家去吧，我们会对你好的。"小虎挣扎不过他们，一会儿，他们把他骗到一间破房子里，用一块溦浦土布按住小虎嘴巴残忍地把他闷死。回到村里，张家两兄弟为了掩人耳目，制造假现场，在叔叔家房屋放火焚烧，制造一起意外的火灾，引得全村村民跑来救火。

俗话说：若要人不知，除非己莫为。村里有个叫海官的男人，平时和张达明关系蛮好，张家发生灭门惨案，警觉的他看在眼里，心里愤愤不平，早就怀疑这一定是张家兄弟谋财害命。海官非常同情张达明家的遭遇，联合其他村民纷纷替张达明鸣不平。大家联合起来写了一张状纸，推荐海官带头，一起到海盐县衙告状申冤，要求县衙一定要把此案调查个水落石出，为张达明全家申冤。

县官接到状纸，当即传唤张大郎张二郎兄弟俩去县衙大堂审问："张氏二人，村民状告你俩谋害亲叔叔一家，可有此事？"兄弟俩认为已经毁尸灭迹，竭力抵赖说："没有的事，他们全家是家里失火而被烧死的。"因为没有现场目击证人和实物作证，证据不足，县官只好把他俩放回去了。

老话说：有因就有果，善恶终会报。这几天，张大郎晚上夜夜噩梦连连，梦见叔叔变成吊死鬼伸出长长的舌头来找他要房契、田契。早上醒来吓出一身大汗，吓得白天不敢出门。人们说：不做亏心事，不怕鬼敲门。而张二郎家里经常有一条水蛇出现，吓得他儿子不敢一个人待在家里。张二郎天天提心吊胆，害怕叔叔婶婶一家怨魂来向他索命。

第二次，县太爷又传唤张家两兄弟过堂审问："张氏二人，你俩合谋杀害叔叔一家，残害族人，血迹斑斑，从实招来。"兄弟俩还是串通一气，死不认账，说叔叔一家的死，与他们无关。突然，横梁上掉下一条碗口粗的七彩大蛇，不偏不倚正好落在县官的案台上，大蛇一双复仇的眼睛犀利有神、寒光闪闪。瞬间，变成两条大蛇，一起"嗖、嗖、嗖"扑向张家兄弟俩，蹿上来咬住张大郎的喉咙，盘住张二郎的身体，死咬不放，两旁衙役慌忙上去赶蛇，可是怎么也赶不走。一歇歇工夫，蛇就把两人活活咬死，吓得堂上的人瞠目结舌。一会儿，两条大蛇不知去向了。人们都说：这是张家叔叔、婶婶的冤魂变成大蛇来向张家兄弟索命！孽蛇审冤，这是古代典型的"孽蛇"，冤死的人，阴灵不满。

县太爷连忙站起来说："这是一桩冤案。"马上赶到案发现场张家村勘查取证，案情终于大白于天下。杀人偿命，天经地义，张氏兄弟二人咎由自取。

这正是：

善恶终有报，天道好轮回。
不信抬头看，苍天饶过谁。

讲述者：吴三宝

时间：2015 年 7 月 13 日

地点：海盐县武原镇百尺路 126 号

屋 漏

号称百兽之王的老虎，据说最怕"屋漏"，一听到人们说起"屋漏"两个字，就吓得浑身发抖，逃之夭夭。为啥呢？这里还有一个故事哩！

很久以前，东海边一座山脚下的一间破破烂烂的茅草棚里，住着一位年已古稀的老大爷和他的小孙子。爷孙俩靠着在山上砍柴打猎艰难过日子。

不知什么时候，山里来了一只大老虎，体态雄壮，毛色绮丽，头圆眼大锯牙钩爪，舌大如掌，嘴边长着几根黑白相间的硬须，前额的黑纹呈一个"王"字，声吼如雷，号称"山中之王"。这只老虎横行霸道，看见山里的大小动物就扑上去咬，小动物们见了它都怕得要命。

一天晚上，月黑风高，伸手不见五指，天气十分闷热。山里的小动物们被大老虎吓得不敢出来玩，老虎在荒山野地更难寻到想吃的食物了。这只老虎几天不开荤了，待在深山老林里觉得又闷又饿，就窜到爷孙俩的茅草棚旁边，想找个机会弄点食物吃。这时候，老虎听到茅草棚里传出有人说话的声音，竖起耳朵仔细听听，里面有人，嗅嗅鼻子，咦！闻到了一股生人味，满心欢喜，今晚可以美滋滋地饱餐一顿了。

这时，茅草棚里的老爷爷听到了门外有动静，就对小孙子说："孙儿，你好好睡觉，爷爷去外面看看。"就提起一把斧头想走出门去。可是，小孙子害怕啊！一把抱住爷爷的大腿说：

"爷爷，你别出去了好吗？外面有老虎啊！"爷爷用一双粗糙的大手摸摸小孙子的头，故意大声地说："老虎有什么可怕的！'屋漏'才叫可怕哩！"孙子说："喔，这是真的吗？"爷爷对他笑笑说："当然是真的，老虎来了，我们可以躲进屋里，万一屋漏了，我们躲也没地方躲了！"爷孙俩的说话声，被躲藏在外面茅草堆里的老虎听得清清楚楚。老虎不由得大吃一惊，想：人们都说我老虎是百兽之王，是山里大王，想不到屋漏这玩意儿竟比我还要厉害！这下还了得，不知道这屋漏究竟长得怎么样？今天我倒要看看他有啥大本事！

说来也巧，突然，天边响起"轰隆隆！轰隆隆！"两声响雷，瞬间，天空中雷电交加，狂风呼啸，下起倾盆大雨，这大雨浇在老虎身上，淋得它瑟瑟发抖。但是，它想要看看那屋漏究竟是个什么东西，所以，仍然继续藏伏在湿漉漉的茅草丛里，一动不动，守株待兔。

突然，茅草棚里传出男人一声声惊叫："不好啦！屋漏了！屋漏了！"紧接着就是一阵一阵急促而慌乱的脚步声。一会儿，脚步声停止，又响起一声比一声紧的"嘀——答""嘀——答"的声音。老虎听得莫名其妙，实在想象不出屋漏究竟是一个什么样的庞然大物。

一会儿，雨终于停了下来，茅草棚里的"滴答、滴答"声也没有了，四周变得十分宁静。这时，老爷爷戴上笠帽，披上蓑衣，手里拿着一把斧头，开门走了出来。雨后的山林空气清新，皎洁的月亮格外明亮。老爷爷走在山间小道上，月光从树林间照射下来，正好照在老爷爷瘦弱的身上。身后拖着一条长长的黑影，黑影跟在老爷爷身后一动一动，老爷爷走，它也动，老爷爷停，它不动。老虎睁大眼睛看得目瞪口呆：哇呀！这屋漏果然这么厉害，又黑又长，一会儿动，一会儿停，从来没有见过啊！顿时，吓得魂飞魄散，拔腿就逃，连山里大王也不做啦!

从此,号称百兽之王的老虎,一听到人们说起"屋漏"两个字,就吓得要命,逃得老远老远……

讲述者:赵峰

时间:1986 年 7 月 12 日

地点:海盐县沈荡镇朝阳商店

原载《南湖晚报》

木匠不怕走夜路

旧时，海盐有位木匠张阿二，性格老实本分，手艺却精湛，无论给人家造房子，还是做桌椅、嫁妆，认认真真，从不偷懒耍滑。

一天晚上，张阿二给王道湖一户人家造房子，晚上收工后，东家用大鱼大肉招待他们，张阿二也是豪爽人，平时习惯大口吃肉，大杯喝酒，不知不觉，和三位师兄弟们几杯酒下肚后，人已经有几分醉意了，吃过夜饭，他总喜欢同东家讲讲《山海经》，一讲二讲，讲到了深更半夜。此时，他酒也醒了一半，便背起祖师爷鲁班传下来的三件神器——墨斗、木尺、斧头，回家去了。

老辈人常说："当你一个人晚上走夜路时，如果心里没有底气，就握紧拳头加重脚步走，显出一身正气，脏东西遇到也不敢接近。"而木匠身上的三件克鬼神器——墨斗、木尺、斧头，出门做手艺是不会离身的。

这天夜里，张阿二回家走过一个坟场，黑咕隆咚，旁边有一座破破烂烂的尼姑庵，是早已没有人居住的空屋。他走到庵门口的时候，听到庵里传出一个声音："拉拉长长，拉拉长长。"吓得他心惊肉跳，不敢多看一眼。也不知道是咋回事，酒也彻底醒了，张阿二右手握着斧头，左手抓紧木尺。刚走过了庵门口，耳朵边又响起了"拉拉长长，拉拉长长"的声音，声音越来越近，像在他身后。忽然，觉得有人在叉他的头颈，张阿二不管三七二十一，两只手反到背后，把那个东西一把抓住，将墨斗、木尺、斧头三样东西压在上面，就背着回家。

张阿二回到家门口，大喊开门，老婆王氏开门一看，吓了一大跳，惊喊："阿二，你脑子进水了，怎么背回来一块棺材板啊？"

张阿二一声不响，放下棺材板，想到鬼最怕木匠的斧头了，运足力气大喝一声："小鬼哪里跑！"举起斧头一斧头朝棺材板劈下去。谁知道那块板顿时裂开，竟然淌出一滴血来。张阿二一口把这滴血吃进肚里。

从此，阿二胆子越来越大，身上也有用不完的力气。张阿二也再不怕鬼了。

原来，拜师学手艺时，师傅再三关照，木匠的三样吃饭家什千万不能离身。为啥呢？据说：墨斗用来给棺材弹线，弹完后棺材彻底被封死，尸变的鬼怎么都出不来了；木尺，能镇宅驱邪，很多有钱人都把木工的尺买来放在家中镇宅驱邪；斧头，让鬼也要敬三分，那些成了精的树妖被一斧头劈下去就没了。其实，生活中你的正能量能压倒一切邪恶。

后来，张阿二每天给东家做好木工收工，晚饭必要喝上一碗酒，当他夜里再走过这片荒草枯枝乱坟场时，那些鬼怪一听到"噼噼、啪啪"的脚步声，就逃得老远老远……

讲述者：吴小宝

时间：1987 年 5 月 16 日

地点：海盐县沈荡镇中市街 102 号

原载《南湖晚报》

财主和农夫

有一年，江南发大水，洪水来得又快又猛，钱家村的人拼命往外逃，有人抱着家里的钱财，有人背着粮食，有人啥也顾不上拿，有人被洪水直接冲走了。

东村头有个李财主，慌乱逃难时紧紧抱牢一袋银子，死命往外跑。西村头有个王农夫抱着一包青团子逃出家门。洪水排山倒海直冲而来，把村庄和庄稼一下子全部淹没成一片汪洋，房屋、人、猪、羊都被泡在洪水里汆来汆去，随洪水一起四处漂流。

这时，西村头的王农夫不知不觉汆到一棵大樟树下，他用手紧紧抱牢大树一点一点往上爬，总算爬到了树枝上，坐在树杈上气喘吁吁，急忙用手摸一下身上布包里的青团子，还好没被洪水冲走，只是全部被洪水浸湿了，真是万幸啊！这可是活命的宝贝。

洪水继续像猛兽般席卷而来，一会儿，东村头李财主也汆到大樟树底下，他看到大树也拼命抓住树枝一点一点爬上树，怀里抱着一袋银子，爬到大樟树上的树枝上坐下，惊奇地瞟一眼坐在对面树枝上的王农夫。这棵樟树很大，两人各坐一边，虽然同是天涯沦落人，同病相怜，但是，两个不同身份的人坐在同一棵树上，各自瞧不起对方，互不搭理。

王农夫坐在东边的树枝上盯着李财主，想想有钱人也有逃命的一天，钱多有啥用，命只有一条。西边树枝上的李财主鄙视地瞧着王农夫，穷人薄命不值钱，也来逃个啥难？两个人坐在一棵树上谁也不说话，各自紧紧地抱着自己的袋子不松手。就这样，财主怕银子被抢，农夫怕青团子被抢，毕竟防人之心不可无。

时间一天过去，三米深的洪水一点没退去，农夫把青团子从布包里拿出来，每天吃一个青团子，有了力气，精神也好很多。李财主看得嘴巴直流口水，饿啊！馋啊！

不过，狡诈的李财主想了想：人不吃东西会饿死的，命比钱财更重要。就先开口对王农夫说："老头，我俩有缘挂在同一棵树上，也算是同病相怜，实话对你讲吧，我手里抱的是一袋白花花的银子，用我的一袋银子换你的一包青团子，你看如何？"

王农夫想了想：喔唷！一包银子能买多少的田地，造多少间房子，还能给老婆孩子买好吃的肉和好看的衣服，青团子自己天天吃腻了，能值几个钱呢？但是，王农夫又仔细想了想，银子不能当饭吃，当下活命最重要，有的吃，活条命，没得吃，饿死鬼。况且，你的银子都是穷人那里剥削来的，就说："不换！不换！你的银子是你的，我的青团子是我的，富贵在天，生死由命。"李财主也只好认命，有气无力地抱着银子等待洪水退去。

可是，时间一天一天过去，这场洪水淹没了十天还没退去，王农夫每天吃一个青团子保存体力，而李财主看着他吃青团子，嘴里直流口水，人也饿得奄奄一息了，银子不能当饭吃，只有挨饿等死的分了。

过了十二天，洪水终于退去，可怜的李财主抱着一包银子饿死在树上。而王农夫袋里的青团子刚好吃完，他得意地从大樟树上跳下来，骂一句："有钱人也有饿死的一天！"拿了李财主的银子心满意足地回家去了……

　　这则故事告诉人们：任何时候，一个人的选择很重要，生命比钱财更重要，只要命在，一切皆有可能。俗语："留得青山在，不怕没柴烧。"

　　　　　　　　　　　讲述者：吴玉珍

　　　　　　　　　时间：1989 年 9 月 25 日

　　　　　　地点：海盐县百步乡农丰村大岸头

屋脊上的孵母鸡

话说当年于城苞溪村（今超同村）李家牌楼下，居住着几十户家底殷实的李氏大户人家，人称牌楼下墙门里人家。白墙、黑瓦、歇山顶、山花、斗拱，房屋屋脊上还装一对砖雕的灰色"孵母鸡"，远远望去惟妙惟肖，非常漂亮。古代，鸡是一种身世不凡的灵禽。

清代、民国时期，江、浙、沪地区太湖强盗十分猖獗。太湖盗匪看中富裕的江南，不定时出来打劫一次。

有一年，在一个伸手不见五指的漆黑之夜，一伙太湖强盗来到李家牌楼下准备抢劫，因为他们前几天已经来这里提前踩了点，摸清了屋脊上装着孵母鸡的墙门里人家，不是做官的就是经商的大户，想来干上一票抢劫财宝。可是，这里的人家高墙深院难以进入。现场几个盗贼打算直接翻墙进去，他们各自分工，两个人蹲在下面，用肩膀搭作人梯，另一个人踩在他俩的肩上爬上围墙。正在这时，黑夜里突然响起"咔嚓""轰隆"两声霹雳，雷声轰鸣犹如擂天鼓惊天动地，接着天边又划出几道亮闪闪的亮光，照射在这户人家屋脊上的孵母鸡上。瞬间，孵母鸡像披上七彩羽毛闪闪发光，顿时，发出"咯咯咯、咯咯咯"两声叫声，盗贼们听到屋脊上鸡的怪叫声，吓得要命，乱喊："鬼怪显灵啦！鬼怪显灵啦！"而雷电闪过后，猛然间又砸来两个响亮的霹雳"轰隆隆！轰隆隆"！好像炸在盗贼头顶上滚滚而来，响彻云霄，吓得盗贼惊心动魄。天上乌云翻滚，响雷一个接一个，眼看一场大雨马上就要来临。站在围墙上的两个盗贼已经吓得两腿发软，滚了下来，哭爹喊娘。此时，墙门里四户李氏住户听到外面的声音，料定是半夜遭贼了，家家点亮油灯大喊："捉贼！捉贼！"屋顶上的鸡叫声和屋里人的喊声及天上的一个个响雷，吓得盗贼们落荒而逃，啥也没偷着……人们都说，这是屋脊上的孵母鸡吓退了这伙太湖强盗。

海盐民间认为，对那些晚上来的贼人，一般只是大声叫喊赶走，很少开门捉贼。因为有的盗贼是社会上的地痞流氓，杀心重；有的是附近村坊上认识的熟人作案，不好照面。而太湖强盗对神鬼之物也是惧怕三分，不敢硬来。

这样，李家牌楼下遭太湖强盗贼偷，被屋脊上的鸡吓退一事，一传十，十传百传开了，人们都说："牌楼下人家屋脊上有神兽庇护，连小偷也不敢光顾。"江南人家屋脊上的孵母鸡，原来是帮主人看家护院的神鸡，保佑全家平安，还是传统风俗"金鸡镇宅"。

其实，李家牌楼下村庄，历史悠久，底蕴深厚。先祖李衍，来自河南开封，元末赴任嘉兴路总管府同知，世居李家牌楼下。李氏家族中世代有做官、崇文、重教的文化人，对家宅上的建筑装饰十分讲究，屋脊两端的"孵鸡头"脊兽，像蹲窝孵雏的母鸡，寓意主人家像母鸡孵雏一样人丁兴旺，"孵母鸡"蹲在屋脊上抬头眺望远方，寄予子孙后代志在四方，考取功名。还有一特高大上的名字——"日中乌"，据说鸡鸣日出，它是带来光明，驱逐妖魔鬼怪的使者。凡是房屋上装有"孵母鸡"的人家，一般是有身份、有地位、有钱财、有知识的人家。

讲述者：李秀宝

时间：1981 年 12 月 24 日

地点：海盐县百步乡五联村

皮斛子收租的故事

百步镇横港集镇篁墅里崔家埭，一直以来流传着一则皮斛子收租的故事。

相传元末时，大横港两岸还是一片杂草丛生的荒芜之地，河两岸土壤十分肥沃，河网交叉。崔家埭崔氏始祖从中原南迁而来，看中了这块沃饶的土地，在河北岸崔家埭定居下来，带领全家在此开荒垦地、渔猎耕种、养蚕做丝，一直从事农耕生产，而且，精心于农作物种植与管理，田地越做越熟，耕作面积越来越大，还雇了上百个长工、短工。

明朝建文年间，海盐县长水乡（明朝时，百步镇属长水乡）篁墅里崔家，已是远近闻名的大财主，人丁兴旺，家财万贯，土地已经拥有几千亩。当时的田地版图，南到俞家漾，北到南木桥，东至新泾浜与殷廊桥，西到北岸郎、鹤塘桥、楼鹤浜与横山头，几千亩土地都是崔家的。由于崔家人精于农耕，善于管理，产业越做越大。后来几百年间，还发展到秀洲，王店以南上千亩田地都由崔家管辖，崔家随着田地不断增加，把土地租出去，招佃户，雇长工。财富像滚雪球一样越滚越大。在长水乡成了一方首富，在浙江省也是赫赫有名。崔家人的生活过得富裕滋润逍遥啊！

旧时，中国式婚姻讲究门当户对，崔家也不例外。崔家对当地的大户人家而言，更是高不可攀，有女儿嫁给崔家是一件非常荣幸的事。

　　常言：人往高处走，水往低处流。就在隔壁横西桥头，有户姓王的地主人家，有个小姐正待字闺中，精明的王家老爷早就看上有钱有势的崔家，便托媒人上门去崔家说媒，希望做成王家女儿王妍和崔家儿子崔世元联姻之事。在当地，王家虽然比不上崔家富裕，但是，崔、王两家也是大户对中户。崔家老爷想，王家也是当地有钱人家，又是隔壁村坊，平时有事走动也方便，便爽快地答应两家儿女这门亲事。王家和崔家儿女的婚事就这样定下了。

　　过了半年，崔、王两家结成秦晋之好，真是羡杀旁人。结婚前，崔家给王家全套聘礼，又加彩礼五十金，由媒婆张婶带着管家一行人送到王家府上。结婚这天，崔家张灯结彩大摆酒席，宴请县里、乡里官员和亲朋好友，酒水、大鱼大肉，菜肴满桌，碗碟垒起来，摆了三天酒席。这桩婚事，表面上，王家女儿风风光光地嫁到崔家蛮开心的。可是，王家人贪心不足啊！想你崔家这么富有，娶个媳妇，彩礼总归要多给点，而崔家给出彩礼五十金，王家人想要一百金，差距太大，王家老爷非常不满意，觉得崔家太小气，嘴里埋怨心里牢骚不断。这样，王家为了彩礼的事情，与崔家结下死结。

　　崔家虽然是远近闻名的大富豪、大财主，家大业大，财富多到数不清。可是，一个"五世同堂"、儿孙满堂的大家族，族规家规多，娶媳妇嫁女儿也有家规，礼金、嫁妆，各房媳妇要一视同仁，一碗水要端平。崔氏有条家规：良田九千亩，每房儿子，均可分得两百亩；有了孙辈，则从各房儿子的土地里再分，其他财产作为总族产，每年各家再分红，代代沿袭。

　　这样一来，王家人表面上对亲家客客气气，暗地里就想着找机会报复崔家。

　　海盐当地习俗，女儿出嫁后，娘家父母第一次来称"做新亲"。这天，王老爷夫妻俩来到女儿家做新亲，崔家人热情招待，摆上最高的二十四回纤宴席。饭后，崔老爷请亲家公王老爷去崔家二层茶楼喝茶。两人坐在茶楼里望着崔家的一大片稻田，王老爷十分关心地问崔老爷："亲家公，你们田地这么多，现在收租仍是用升、斗、斛、木杆秤来计量稻谷的斤两？"崔老爷答："是啊！祖上传下来就这样称。"王老爷眯起小眼睛又说："这也太麻烦了，那个十斗为一斛的木斛子太笨重了。现在国家改革量器计具，我们早就换成'五斗一斛'的'皮斛子'，你们家也要换一换了，这样，既方便又省力还精准，一举多得。"大家要问：这皮斛子是啥呢？就是用牛皮做成的量具，比木料做的木斛子要轻得多。

　　崔老爷听了亲家公的一番话直点头，说得有道理，是应该换一换木斛子这个老古董了。王老爷还竭力推荐说："我们王家有个做皮斛子的王木匠，手艺高超，做工精致，你们的皮斛子也叫他做！"崔家老爷想，既然是你亲家公推荐的人，当然值得信任，答应让王家木匠帮忙做皮斛子，决定给五房各支都换上皮斛子，因为崔家田地多、子孙多，崔老爷说："那就叫王木匠做一百只皮斛子，做好了，拿到崔家一起结账。"

　　过了半个月，王木匠把做好的一百只皮斛子送到崔家。临走时，王老爷叫王木匠特别关照崔家的用人，出去收田租装稻谷时，稻谷装满后，要抓住皮斛子口袋往地上甩一甩。这样称出的重量才正确。崔家人听了连连点头，并当场给王木匠钱货两清。

　　其实，牛皮是有弹性的，与木头不同，五斗一只的皮斛子里，稻谷有五斗多。王家这样不顾及儿女亲家情面，处心积虑地想搞垮崔家，目的就是要报复崔家彩礼少给这件事。而他们自家根本没用过皮斛子，只是把度量衡改进一下，五斗为一斛。

　　而不知水深的崔家人，用皮斛子收租收到第三年。一天，心怀叵测、绵里藏针的王家老爷写好一张状纸，派人送到杭州的浙江省衙，把崔家告了一状，说：崔家收租一直用皮斛子，多收了农民租粮好几年，采用这种黑心的手段剥削农民，真是丧尽天良。

浙江省衙接到这张状纸大吃一惊，觉得事情非常严重，立即派出一大班衙役赶到海盐长水乡崔家埭，当场查验崔家正在使用的皮斛子量器，发现皮斛子计量的确实比木斛子多了很多。这样，崔家用皮斛子收租剥削老百姓的证据确凿。此时，崔家人才恍然大悟，如梦初醒，知道上了王家人设下的大陷阱，真是知人知面不知心，暗箭伤人好歹毒啊！

最终，崔家这桩皮斛子官司审来审去，三场官司全部败诉，浙江省衙门天天逼着崔家必须马上缴出一笔大额罚款。此时，当地崔家的一大批租户得知情况后，愤愤不平，纷纷指责崔家人用这种卑劣手段盘剥种田人的血汗钱，伤天害理。三五成群的租户涌向崔家大院，追逼崔家返还三年来用皮斛子收租剥削去的粮食。这样，崔家人真是有理说不清，既要上缴省衙大笔罚款，又要给租户们赔钱，万万没有想到结亲结成大祸，把老祖宗经营了几百年传下来的庞大产业，在这场皮斛子风波中败得精光！

在百步横港地区，当地老百姓对当年崔家败落流传一段顺口溜："一场官司输到底，崔家卖田又卖地，赔钱赔到来勿及，忙盖印章让地契。"从此，崔家的子孙一夜之间成为普通贫民。而崔家长辈告诫崔氏子孙，永世不结王家亲！

讲述者：崔明明

时间：2011 年 9 月 13 日

地点：海盐县百步镇横港集镇超市

第七章　新故事

换个儿子做老娘

　　初冬的一天早上，冬雾初起，驾驶员吴良开着一辆重卡行驶在县道上，他小心地辨别着路况，谨慎驾驶。突然，从旁边小路上蹿过来一个人影，吴良赶紧踩了急刹车，"吱——"的一声，车子在那人影前停下了，可那人影不知怎的还是倒了下去。

　　吴良急忙下车察看，发现倒地的是个大妈。他把大妈扶了起来，问道："大妈，怎么样，你还好吗？"

　　那大妈惊魂未定地说："还好！我是被'吱'的刹车声吓了一跳才滑倒的，没事没事。"顿了顿，她又对吴良说："小伙子，谢谢你哦。要不是你及时刹车，我这条老命就没了……"这时，大卡车的后面突然传来"砰"的一声巨响，吴良吓了一跳，怎么前面没撞到，后面却撞上来了？他赶紧跑过去一看，天哪，一辆摩托车撞在他的车上，那驾驶员没戴头盔，当即摔得脑浆迸裂，眼看已没气了……

　　吴良之前开车从没出过车祸，就连这血淋淋的车祸现场也是第一次看到。他吓得双腿像筛糠一样抖个不停，摸出手机，哆嗦着拨通了110和120。

　　很快，路过的行人都围了过来。有人说："咦，看样子这摩托车是自己撞上去的呀，这么大的雾开这么快，真是作死呀！"吴良一听，也急忙解释道："是呀，我……我车子前方有个大妈横穿马路，我赶紧急刹车，结果大妈没撞到，可后面'砰'的一声，就这样了……"

这时，有人突然发现那摩托车旁有一包散开的衣服，捡起一看，当即触电般又丢在地上，大叫起来："天哪，这里有一包寿衣，他……他难道是去送寿衣？这倒好，直接送到阴曹地府去了呀！"人们一看，地上果然有一套中式的女式寿衣。这是怎么一回事呀？这时，那个在车头滑倒的大妈也挤了进来。她先是看了一下摩托车，再蹲下身去看那个死者，不看还好，这一看，她竟不由得瘫坐在地号啕大哭起来："儿子呀，你怎么死在我前头了啊？你刚刚还说要为王家传香火，叫我选文死还是武死，想不到你自己先死了呀，呜呜呜……"

大伙听了面面相觑，什么"文死""武死"？吴良更是傻眼了，这骑摩托车的是那大妈的儿子？娘没撞到，儿子却撞死在自己车上？天哪，今天这是怎么了呀？

人群中有个大伯认识这大妈，对大家说："这是王家埭的王大妈，她老公早死，只有一个儿子，还没有成家，看样子死的是她儿子。这下麻烦了，这叫王大妈怎么活呀？"

有个性急的年轻人一把拉住吴良，质问道："谁让你车子突然停下来的？你看，老太太都哭糊涂了，你要负责呀！"听他这么一说，旁边几个人也围住了吴良，推推搡搡起来。

吴良急了："我……我车子前方有人横穿马路，我……只……只好刹车了……"

那王大妈却从地上一骨碌站了起来，擦擦眼泪说："这车子停得好，不停的话，死的就是我了。你们别怪驾驶员，我估计呀，是我那死了的老头子在地底下保佑我呀……"

大伙一听，差点惊掉了下巴。那个大伯上前一步，对王大妈说："王大妈，你慢慢说，到底是怎么回事？"

王大妈定了定神，这才一五一十地讲了起来。原来，王大妈是个苦命人，她才三十几岁时，丈夫就因病死了，留下一个十岁都不满的儿子王林。为了儿子，她没有改嫁，一个人既当爹又当娘的，好不容易把儿子拉扯成一个大小伙，可她自己却落下了一身的毛病。按西医诊断，需要手术治疗，可为了省几个钱，她就用中药调理，几乎天天都在吃中药，成了全村有名的"药罐子"。

哪知道这"药罐子"居然影响了儿子的婚事，眼看儿子三十多岁了，前来说媒的人也不少，可那些姑娘一听王林家有个"药罐子"娘，便和王林"拜拜"了，为此王林没少朝老娘发脾气。

最近，王林经人介绍，又认识了一个姑娘，约过几次会，感觉不错，可到了谈婚论嫁时，焦点又集中在了"药罐子"身上。

今天早上，王林推出了摩托车，说要带母亲到镇上去吃馄饨。王大妈一听，愣住了，今天的太阳难道从西面出来了吗？不过儿子要带她去吃馄饨，她毕竟还是很开心的，于是便坐上了摩托车。

谁知王林开了一会儿摩托车，突然拐下了县道，在一条小河旁的一座桥边停了下来。这座桥是中华人民共和国成立初造的，现在由于外面造了新桥，这座老桥已经没人走动了，显得很僻静。

王林停下了摩托车，突然说道："妈，我和你商量个事情。"

王大妈觉得奇怪，吃馄饨怎么吃到这个没人的地方来了，还要商量事情？她不由得问道："什么事呀？"

王林显然已经过深思熟虑，索性直接说道："我那女朋友嫌你是个'药罐头'，不想和我谈了。所以我想与你商量，要不你早点去见老爸吧，反正你活在世上天天吃药也是受罪，早死早解脱。你死了，我也能讨到老婆为王家续传香火；你要是不死，我就要打一辈子光棍了！""啊？"王大妈像不认识儿子似的，死死地盯住他："你……你要我死？"

王林点点头，毫无人性地说道："妈，你也一大把年纪了，可以死了。今天我给你两个选择，'文死'还是'武死'，由你挑！"

"什么是'文死'？什么又是'武死'？"王大妈一头雾水。

王林不紧不慢地说："文死就是自己走到河里去；'武死'动静大点，是从桥上跳下去！"

王大妈一听，好不容易拉扯大的儿子竟要逼自己死，真是作孽呀！这样活着还有什么意思？好好好，死掉算了！想到这里，她便对王林说："好，我'文死'好了！我去年就为自己做好了寿衣，放在柜子里，你回去给我拿来，我要穿着寿衣干干净净地去见你爸……"

"寿衣？好，你等一会儿，我去去就来。"王林一听高兴极了，当即发动摩托车，掉头回家里去了。

《故事会》供图

等王林一走，王大妈越想越伤心，一个人坐在小河边一把眼泪一把鼻涕地哭了起来。哭了一阵，她突然不哭了，越想越气愤，自己怎么养了这么个不孝的儿子？也许是气糊涂了，她便沿着小河走上了县道，一方面因为雾大，另一方面是她在想心事，根本没注意到自己走上公路了，还好驾驶员反应快，来了个急刹车。等她站起来后，突然，听见后面一声巨响，驾驶员赶过去看了，她也慢慢地走到后面去看，这才发现儿子撞在大卡车的后挡板上，竟然死在了她的前面！

听王大妈说完，大伙个个目瞪口呆，这事情实在太戏剧化了！有人在一边感叹说："儿子要娘选'文死'或'武死'，想不到自己却抢先'横死'了！这真是'人在做，天在看'呀！"那个大伯上前对王大妈说："王大妈呀，今天是你在阴间的老头子在保佑你呀，这种不孝儿子，死了就死了，不值得你为他哭。只不过今后你孤苦一人，这日子怎么过呀？"

"跟我过吧！"

咦，谁在说话？大伙一看，说话的原来是驾驶员吴良！

只听吴良动情地说道："我是个孤儿，一直羡慕人家有娘我没娘，我万万没想到，这世上居然还有逼娘'文死''武死'的人！"说到这里，他转身朝王大妈跪了下去："王大妈，不，娘！你如果不嫌弃的话，从今往后，你就是我的亲娘！你和我一起过日子吧……"

原名《死了儿子活了娘》
原载《故事会》

铁面无私的外甥

新建的高速铁路横穿宁海镇凤凰村,凤凰村要拆迁了,全村将搬迁至白水漾。新上任村书记王小明年轻有为,搬迁工作千头万绪,肩上担子沉甸甸。

这天,村里组织村民去白水漾踏看新小区地基,到了现场,几位村民边走边看边说:"小区前面一条河流,视野开阔地方蛮好,旁边一条公路,进出也方便。"这时,凤凰三组老木匠陈三自言自语道:"清清一片白水漾,旁边有个大漾口,好像一只聚宝盆,房前临河上上屋,小区第一排地基风水最好。"话音一落,听得在场的村民一下子骚动起来,不约而同地说:"是啊!造房子风水好最要紧,人旺财旺,六畜兴旺。"王小明舅舅陈大明跟在后面听得出神,他是生意人,最相信风水。小明笑眯眯对大家说:"这个地方外部环境很好,建成后的小区更好,整体设施齐全,太阳能路灯、行道树、草坪,每家有个小院落,还有公共停车场、活动室、会所等。再说大家房子建造在一个小区,好风水一起分享嘛。"这次参观给村民们留下一个心结,房子地基选在前排最好。

这几天晚上,书记王小明家夜夜挤满了"白相"的人,大家心照不宣,书记在分地基一事上有话语权,套点近乎勿吃亏,这弄得他每天晚上焦头烂额。

一天晚上,陈大明拎着两瓶"剑南春"来到王小明家,无事不登三宝殿。小明说:"舅舅,今晚什么风把您吹来?"陈大明说："舅舅想和外甥一起喝个酒，郎舅不分家，一根藤上的人。"小明说："好啊！好啊！"小明母亲见娘家兄弟上门，连忙去厨房烧菜。

一会儿，小明妈把三荤三素小菜端上桌，郎舅俩喝开了。陈大明说着说着话题一转，说："小明，新小区地方也看过了，你是村里书记，给舅舅选块前排地基，应该没问题吧？"小明说："舅舅，现在啥年代了，还迷信讲风水，再说地基分配要村委会商量决定，给你排在前面，人家说我给自家人开后门，我怎么向村民交代？"陈大明借着三分醉意说："那你说不行了？哼！当初你们家穷得叮当响，你外婆瞒着你舅妈接济你们，你从小吃着舅舅家饭长大，你小子现在翅膀硬了，六亲不认，这一点小事也不肯帮？真是无情无义的白眼狼。"陈大明越想越气，干脆酒也不喝了，站起来气呼呼地走了。

俗话说："千年不断娘家路。"小明妈在厨房听见郎舅俩的争吵声，气急死了，走出来见娘家兄弟被儿子气走了，指着小明骂："你当个啥官，为这个事和舅舅闹僵，以后怎么进舅舅家门，让村里人笑话，再说六亲不认非孝子。"小明说："妈，我为公家办事，要对得起国家，对得起村民，一碗水要端平啊。"

近来，为了新小区地基分配的事，凤凰村炸开了锅，大家眼睛都紧盯着前排地基。地基也成了陈大明日思夜想的一块心病，连夜里做梦都是地基，因此茶饭不思。

这天下午，陈大明把家具店里的事情打理好，提早回家，直接先去凤凰村村民委。老话说，造房子地基风水好，这是关系子孙后代的大事。陈大明走进村民委办公室，正好小明和拆迁办工作人员在讨论新小区的事。陈大明冷冷地说："哟！王书记也在，正好我有一事要问。既然你们说新小区地基要分配，那我出钱买，总可以吧？选第一排，你们开个价吧！"大家面面相觑，想不到陈大明又出一招，买地基。小明说："舅舅，拆迁安置的土地是不允许买卖的，镇、村、拆迁办决定小区地基还是按抽签分配。"陈大明本来就生气，亲外甥胳膊往外拐，这也不行，那也不行，一点忙也不肯帮，马上站起来气呼呼地说："你小子神气个啥，你就是世界上最小的官嘛，不行吗，从此，咱们两家亲戚一刀两断，井水不犯河水。"便怒气冲冲走出村民委……

再说，拆迁进度推进迫在眉睫，地基分配不能再拖了。镇、村拆迁办领导班子讨论决定今晚召开全体村民大会，广播里通知村民：白水漾小区地基以抽签形式分配，每家派一人到现场抽签。陈大明在家里听到广播通知，恨不得把广播扒掉，咬牙切齿地说："坚决不去抽签。"老婆小英听见却说："你不去抽签，全家住露天啊？你不住，我和儿子还要有个窝。"陈大明被老婆说得无可奈何，只好硬着头皮不情不愿地去村民委抽签。

晚上，凤凰村村民委办公楼灯火通明，会议室里村民们挤得水泄不通，现场由宁海镇镇长李全明一行坐镇全程监督抽签，抽签箱放在办公桌上，村书记王小明宣布："白水漾小区地基分配，以公开、公正、公平的原则，抽签开始，两户联排同一号分东户或西户，叫到名字的在箱子里抓一张票号。"这时，轮到陈大明抽号，他抓到票号一看，57号，估计在小区第三排，真是担心啥来啥，第一排风水宝地地基与他无缘了，当场气得话也说不出来，昏倒在地。大家一看出大事了，马上拨打120，王小明更是心急如焚，自责是自己太无情，害得舅舅气成这个样子，万一有个三长两短可怎么交代？此时，救护车到了，王小明马上抱起舅舅乘上车子，李镇长拍拍他肩膀说："有事电话联系。"救护车直奔宁海县人民医院。在医院急诊室，医生说："病人得了脑出血，本来他有冠心病、高血压，急火攻心，幸好你们送来及时，是轻度脑梗。"第二天，小明带着妈妈买了水果、礼品赶到医院，舅舅还是闭着眼睛不想见他们，舅妈则板着脸不搭理他们娘俩，两家人见面非常尴尬。最终，陈大明在医院住了半个月出院，这事成了凤凰村村民茶余饭后一大笑话。

时间一晃三年过去，白水漾小区的房子大多造好了，接下来每家都准备摆搬家酒（上梁酒），请亲朋好友来吃一餐，参观新房子庆祝一番。陈大明身体恢复得和以前差不多，戒掉了烟、酒，人也想通了。

晚上，小明妈妈坐在八仙桌旁凳子上，对小明说："小明，按乡下规矩，我娘家造房子我们要出大力送大礼，上梁酒要送上全猪、全羊、全鸡、鲤鱼、团子、大红包等，现在恐怕我们送去的东西要被你舅舅直接扔出来，面子夹里都要坍光，都是你当这个小官，铁面无私惹的好事。"小明说："妈，舅舅家摆上梁酒，到时我们坦坦荡荡去，难道舅舅真会赶我们出来？"

10月18日一早，小明去宁海镇上买了一车上梁用的东西，再拿上妈妈亲手做的两蒸架肉团子，带上老婆、儿子、老妈，去舅舅家喝上梁酒。车子开到村口，见前面停着一辆黑色汽车。咦！这不是李镇长的车？这时，李镇长正好从车窗里探出头来说："走，跟着我开！"小明心里纳闷，难道李镇长也去舅舅家喝上梁酒？

一会儿，两辆黑色汽车停在陈大明家新房前，前面车上下来一个人，咦！这不是李镇长？村民们高喊，来稀客了！陈大明快出来接客人！李镇长笑眯眯走在前面，小明一家从车里出来拎着东西紧随其后。陈大明拿包中华牌香烟急匆匆跑出来说："啊呀呀！今天是什么风，把大镇长也吹来喽！"李镇长笑笑，小声地说："怕你欺负小明书记，保驾护航！"

陈大明笑了："哈哈，大镇长呀，娘舅外甥，打断骨头连着筋。我早就想通了，外甥是对的，不过我嘛，这娘舅架子还是要摆摆的！"一席话说得大家哄堂大笑！小明借机走上前一步，叫一声："舅舅，恭喜！恭喜！上梁大吉！"陈大明满面笑容也跨前一步，拍了拍小明的肩膀说："你小子有镇长保驾，面子好大啊！连我娘舅脸上也有光！哈哈哈……"

此时，楼上泥水、木匠齐声高喊："吉时已到！"鞭炮齐鸣，团子、包子、糖果像雨点般从楼上落下来，男女老少争先恐后，抢！抢！抢！泥水匠、木匠们异口同声高唱《海盐骚子·上梁歌》：

脚踏楼梯步步高！手攀杨柳采仙桃！
上梁团子上梁糕！一年更比一年好……

中奖风波

一天晚上7点半，"一风彩票"店里走进一个男人，高喊："买彩票！买彩票！"从袋里摸出一张小纸片递给老板王平。王平问："买多少？"来人说："买三注排列5，198501110。"（开启手机录音）

来人名叫阿波，今晚跟朋友酒喝多了，说话抬不起舌头。彩票店老板王平一算每注五百元，三组共一千五百元。阿波从上衣袋里摸出五百元递给王平，王平说："师傅，你买三组一共一千五百元！""啊！"这下阿波傻眼了："我买这三注数字，不是买三组，我口袋里只有五百元，咋办？"王平说："现在彩票都是机打号码，打出来是退不回去。"阿波酒疯大发，手指着王平骂道："你个拎勿清，三注彩票也搞不灵清，不买了！"走出门晃晃悠悠离去……

这可把老板王平气晕了，大骂今晚倒大霉，碰着个赤佬来寻事体！关键是一千五百元彩票流水号码打出来了，咋办？哎！只能拿彩票店里的钱先垫付一下，明天再还进去。因为一风彩票店是股东制，账目要弄清，而且店里装有监控。

原来，晚上阿波和朋友小明一起在"天香餐厅"喝酒，每人喝了两瓶"沈荡黄酒"，喝得满脸通红，七分醉意。阿波边喝边说："今天'天香'的小菜对胃口，酒也喝得爽、心情超好，买彩票肯定也能中大奖。"马上拿出一张纸，写了三注体彩号码198501110给小明看，还说："用我的生日买彩票，好记！"小明不懂彩票，瞟一眼三组数字说："阿波，你是不是想发财想疯了，连吃饭都想着彩票！"阿波说："你不懂彩票，对牛弹琴。"两人喝了一个多小时酒，酒足饭饱各自开着电瓶车回家。

可是，老彩民阿波，一路上心里还是心心念念想着彩票，好像彩票在他心里生了根，不知不觉醉醺醺地来到"一风彩票"店，就发生了开头一幕。

福彩中心，每星期一、三、五晚上准时开奖。这天晚上9点钟，阿波坐在家里沙发上，盯着电视机等彩票开奖，突然，屏幕上跳出一等奖号码——198501110，他激动地大喊："中大奖了！我发财啦！"把老婆、儿子吓了一大跳，老婆小凤愤怒地骂道："你是不是想发财想疯了，天天彩票不离嘴，当饭吃！"阿波立马从沙发上跳起来说："老婆，这次真的中大奖了，你看看彩票号码。"小凤说："那就恭喜你美梦成真！"

一瞬间，阿波只感觉头重脚轻，惊喜之余心中五味杂陈，因为这张中奖彩票确实是自己选的，可当时因为钱不够没买，最重要的是，这一切其实已经和自己没关系了。但是，五十万元大奖可是真金白银啊！一想到钱心里很不是滋味。不行，明天一定要去彩票店讨要些钱。

第二天，阿波来到"一风彩票"店，王平正在搞卫生，他说："老板，我前几天选的一组彩票是不是中大奖了？"王平说："没有啊？"阿波说："电视上开奖，大家看到，号码是我选的，我也有份！"接着阿波拿出身份证，这号码是我的生日，而且那天我还录音了。啊！王平本来对阿波那天彩票号码打出来不买大为光火，只好自己买进，现在是中奖了。真是人算不如天算，想不到这组号码竟然中了五十万大奖，财运来了推也推不开，因祸得福。但是，今天阿波又阴魂不散找上门来，关键他居然还录音。

再说，阿波有录音习惯，也是"一朝被蛇咬，十年怕井绳"。因为一次好朋友冯平向他借了一万元钱，说急用，过几天就还，因为是好朋友，借条也没写。可是，过了三年冯平还没还钱，阿波便上门讨要，冯平非说："啥时候向你借过钱？"不知他真的忘记了，还是存心想赖账？这可气煞阿波。吃一堑长一智。从此，阿波发誓：凡是和钱有关的事情，一律录音，以防万一。俗话说："害人之心不可有，防人之心不可无。"

王平想了想说："对！是中奖了！可是后来你又不买了啊，扔下彩票就走人，是我自己花钱买进，现在这张彩票已经跟你没有一毛钱关系了！"阿波说："号码是我选的，不给钱门都没有！起码分我三万！"王平看他赖在店里不肯走，马上拨打110。

一会儿，东海派出所陈警官接警开车来到"一风彩票"店，听取双方诉说，了解情况后讲，你们没有书面合同，只能协商解决。陈警官对王平说："小王，彩票号码是他选的，他有录音证据，这奖金算是和他有点关系，虽然，最后还是你掏钱买的彩票，你这笔钱也是意外之财，分点给他算了。"王平说："他没出一分钱，分给他，我不是成冤大头。不过现在既然陈警官说话，那就给他三万吧。"叫阿波打开手机，收款码扫一下，"滴"一声，阿波手机三万到账，阿波脸上马上露出开心的笑容。

走出店门，觉得这钱真是天上掉下馅饼砸中头上，开心得合不拢嘴，马上在朋友圈里晒，买彩票中大奖，白白到手三万元。阿波的亲戚朋友看到了，纷纷嘲笑阿波是个大傻瓜，五十万只拿到三万，还显摆点啥？朋友小明说："彩票号码是你选的，当时我在现场，可以作证。阿波，给你的钱太少了！哥儿们明天再陪你去要钱！"

这天，阿波带了一帮小兄弟，气势汹汹又来到"一风彩票"店，朋友小明先挑头，恶狠狠地对王平说："老板，中了五十万大奖，只给阿波三万，良心也太黑了吧！他不选这个号码，你中得了这个大奖吗？起码得分给他十万！"王平说："他一分钱也没出，三万也是多给！"这时，四个男人卷起袖子，瞪大眼睛扬言道："不给钱，哥们几个今天把彩票店给砸烂了！信不信？"王平看看这帮无赖坏，觉得不对，马上又拨打110。

十五分钟后，东海派出所的陈警官又来了，陈警官对阿波说："你是个抓不住财运的人，到手的鸭子飞了，人家分给你是客气！不分你也在理，你要知足啊！"

转身又对王平说："小王，阿波是你的老彩民，再分一部分给他算了。"最后，在陈警官的协调下，王平同意再分给阿波两万。陈警官马上拿出一张白纸，叫阿波当场在纸上写明：一风彩票店，王平彩票中奖奖金五十万，分给阿波共五万，就此了结，永不纠缠。阿波签好字，王平手机上马上转给他两万，阿波拿到钱，手一挥，对跟来的一帮小兄弟说："走，去天香楼喝酒喽！"

王平叹了口气，总算甩掉阿波这个无赖坏了，今天晚上和老婆、儿子全家去滨海大酒店好好庆祝一下。

世上没有不透风的墙。第二天上午，王平正在彩票店理账，彩票店大股东小杨老婆小美过来，开门见山就说："小王，彩票店里中了大奖，为啥不说，我可是这彩票店大股东，也有份！"真是半路上杀出个程咬金。一波刚平一波又起。王平说："这个奖是我跟彩民阿波之间的事情，与店里股东无关！"小美说："咋无关，你拿店里的钱垫付买彩票，这店我也有份！"说着说着，俩人就吵开了，小王再次拨打110报警。

陈警官再一次来到一风彩票店，说："小王，你这奖中得是烦恼不断。"王平说："陈警官你也知道，这个中奖号码是阿波选的，是我操作失误意外得奖，那也是我和阿波之间的事，与店里股东有啥关系？"小美说："你误听打出彩票，当时你挪用店里的钱垫付，这不是跟我们也扯上关系了？"

陈警官说："争来争去大家都是为了奖金，再说这钱也是意外之财，看在大家是股东面子上，协商一下，大股东你说说看咋分？"小美说："那就各分一半。"陈警官对王平说："小王，忍一时风平浪静，退一步海阔天空！"

王平说："金钱有价，情义无价，钱可以分你，明天起我撤出股份。"

衣柜里的秘密

钱家场村口，三位村民交头接耳正在谈论一桩着急事情。"你们想，十七级超强台风'莲花'晚上就要刮来，老头子一个人跑到啥地方去了？真是急死人！"钱明说。他和弟弟钱佳正在四处寻找九十岁父亲钱宝林，找了半天人还没有找到。台风要来了，本来弟兄两个想把老爸从破房子里接出来，可现在连人也找不到，真是丢人丢大啦！

天气预报莲花台风可是百年一遇的超强台风，滨海县政府对这次防台风工作十分重视，全县上下全力抗击台风，特别是危房中的人员，必须转移，要么转移到镇里安排的统一安置点，要么去自己儿女家住，反正做到危房不留人。

此时，明星村书记张平正带领抗台小组一班人员，来钱家场村查看危房人员转移情况。听到钱宝林失踪事情，感到情况紧急，马上指派随行的小王去村广播播放寻人紧急通知，希望村民看到钱宝林及时报告，并联合其他抗台小组人员一起寻找钱宝林。天空中刮起大风下着大雨，听说十七级强台风要来了，村民吓得都不敢出门。可眼下这火烧眉毛的事情，是寻找钱宝林，这是人命关天的大事，张平安排六组人员，三人一组，从钱家场村开始扩大到明星村和光明村，对每一个角落、农户、田野、河边进行地毯式搜寻。钱宝林两儿子钱明、钱佳正在给亲戚、朋友打电话。时间一分钟一分钟过去，兄弟俩打了半天电话，一点收获也没有。两人急得直骂老头子"作死"，出这么大的幺蛾子，害得全村人寻找。

天越来越暗，雨越下越大。这时，邻居钱三娘走了过来，问钱明："你爸找到了没有，有消息了吗？"钱明摇摇头说："没有。"钱三娘说："你们不要'吊死在一棵树上'，依我看再想想别的法子。"钱明问："三娘，那你说还有啥办法？""古法巫祝，我看还是去隔边董家村找董三婆（巫婆）想想办法，她可灵啦！"这个灵佛的巫婆，附近的老人都相信她。钱家兄弟俩已经像两只无头苍蝇，急得团团转，只好"死马当作活马医"，只要能找到父亲，不管啥办法都要试一下，立即点头同意钱三娘的想法。钱明马上开汽车带着钱三娘去董家村，到了董巫婆家，钱三娘说明来意，董巫婆伸伸懒腰打打哈欠说，钱宝林掉进钱家浜里了，你们赶快去捞人。听了这话，钱明带着钱三娘赶紧返回钱家场，路上两人商量一番，钱三娘说："还是先去组长家搬救兵。"

于是，两人来到组长吴水明家，钱三娘说："组长，钱宝林失踪了，掉进钱家浜河里了。"吴水明将信将疑地问："真有此事，人掉河里？"钱三娘说："宁可信其有，不可信其无。""那我马上在微信群里通知村里的男人，晚上全部出来去河里捞人。"钱家浜的男人们一听钱宝林不见了，炸开了锅。人命关天，救人第一。这年头命最重要，晚上大家去河里捞人。

男人们三五成群来到河边，三人一组，一人打手电筒，两人用竹竿伸向河里捞人，几个女人站在河边叫喊："宝林！宝林！"好像在叫魂，搞得整个钱家场村庄阴风惨惨。有人打着手电筒，亮光照来照去，一群人穿着各色雨衣，黑夜里，好像一支寻宝队伍。几个胆大的男人撑着小木船，划到河中央捞人，大家在钱家浜河里地毯式捞了一遍又一遍，通宵达旦，可是啥也没捞着，白用心思一场空。

钱三娘在家里也坐等了一夜，心里七上八下坐立不安，嘴里不停地念着"阿弥陀佛,菩萨保佑!"等着大家从河里捞出钱宝林来,她才放心踏实。因为这是她想出来的馊主意!

第二天一早,气象台报告:昨夜强台风"莲花"刮到杭州湾乍浦港,风向突然转向上海方向,与滨海县擦肩而过。

台风过去了,雨过天晴。可是,明星村的钱宝林却还没找到,钱家场的男人们昨夜冒大雨顶狂风在河里捞了一夜,这老头子硬是活不见人,死不见尸,到底去了哪里?好像人间蒸发了!

大儿子钱明一夜没睡,一大早,拖着疲惫不堪的身体,再次来到父亲的小屋看看,是否会有惊喜出现。突然,屋里走出一个人来,钱明吓了一跳,定神一看,这不是老父亲钱宝林吗?惊叫一声:"爸,你昨天去哪里了,害得全村人找了你一天一夜啊!你在搞什么事情!"只见钱宝林眯眯一笑说:"我在衣柜里好着呢,有老朋友陪着,台风'莲花'也不怕。"

这时,听说钱宝林找到了,村民委抗台小组、村民们都聚拢到钱宝林的小屋里,你一句我一句地埋怨道:"老头子,你倒自在,我们忙活一夜寻你,真是玩笑开得有点大!"

原来,钱宝林是一位抗美援朝的退役志愿兵,今年九十岁,脾气倔强,俩儿子新楼房都造得漂亮宽敞,叫他过去住,他就是不肯去。政府认定他是抗美援朝老兵,特别安排他去疗养院安享晚年,他说不想给政府添麻烦,硬要住在四面漏风、灯光昏暗的破房子里,半间烧饭,半间睡觉,还守着个祖上传下来的旧衣柜,当成宝贝似的。这时,儿子钱明打开衣柜一看,里面除了一堆破旧衣服,柜子下面还有一个红布包,钱明弯下身子拿出红布包,慢慢打开,见里面躺着一枚抗美援朝的三等功勋章,一张两个志愿军战士的合照。

钱宝林回忆当年往事说:1950年7月,抗美援朝战争爆发,为了保家卫国,当时十八岁的他参加抗美援朝。跟随大部队,在丹东经过四个月的集训后，战士们"雄赳赳，气昂昂，跨过鸭绿江"进入朝鲜。钱宝林所在的部队步兵连分配在"黄草岭"战场上。一天，美帝的轰炸机狂轰滥炸，残酷的战场上志愿军战士前仆后继，英勇杀敌，刀枪无情子弹没眼。钱宝林抱着炸药包正要冲向敌人的暗堡，此时，敌机又扔下一批炸弹，连长步志刚高喊："趴下！"马上扑过来挡在钱宝林身上。连长被美帝的炸弹当场炸死，浑身是血，永远长眠在朝鲜战场。而钱宝林只受点外伤。他说："我的这条命，是连长用生命换来的。这张照片是我和连长跨过鸭绿江时拍的。战争结束，我带着照片回国，我去哪里，他也跟着我。昨天，听说强台风'莲花'要来了，我想如果这破房子倒下了，还有祖传的大衣柜挡着，大衣柜倒下了，我们永远在一起，我比他多活了七十年，足够了啊！"

　　一位朝鲜战场立下赫赫军功的耄耋老人，一番淳朴的言语充满对功名利禄的淡泊和不屑，从心底流出的那份战友情深，爱国之心，听得在场的人鸦雀无声，连台风"莲花"也戛然而止……

后 记

　　在中国，讲故事、听故事是一种源远流长的群众活动。早在文字尚未发明的石器时代，便出现口耳相传的神话故事。叙述神仙鬼怪、绿林好汉、机智人物的民间故事，在老百姓中间广为流传。中华人民共和国成立后，反映社会新风、生活气息浓郁的新故事应运而生，丰富了人们的文化生活，推动了社会新风尚，为人民群众所喜闻乐见。

　　海盐，秦王政二十五年置县，因"海滨广斥，盐田相望"而得名。历史上，海盐作为千年古县，曾"四徙县治，六析其境"，在海盐流传的民间传说、民间神话、民间故事、新故事，像一颗颗璀璨的珍珠洒落在人杰地灵的土地上。特别是中国第一部志怪小说集《搜神记》的作者干宝，是海盐人，可以说海盐也是民间故事的始发地。

　　一方水土养一方人。每个人从小都会接受童话、寓言等的启蒙教育。小时候，在夏天的晚上，坐在晒场上纳凉时听奶奶讲故事：天上有一条天河跨越南北，河西边一颗星是织女星，河东边那颗是牛郎星，每年七月初七牛郎和织女会在鹊桥相会；月亮里的兔子在月宫陪伴嫦娥；砍桂花树的仙人一年只砍下一枝树丫杈；等等。听着这些传说故事，渐渐长大，对故事产生了好奇。

　　聆听历史典故，熏陶历史文化。在百步中学读书时，听王志良老师的历史课，老师讲述商纣王宠妃苏妲己，以七窍玲珑心可治病为名，害死重臣比干；姜子牙握着鱼竿坐在河边，不是在钓鱼，而是在钓王侯。"宁在直中取，不向曲中求。"姜子牙钓的是大智慧，最终，钓到"大鱼"——姬昌，实现建功立业的愿望。这些历史故事，我一直铭记于心。

我写民间故事比较偶然。20世纪80年代，我在沈荡朝阳商场上班，一天中午，在柜台上边看报纸边写文字，一位顾客看到说，你喜欢写作，向你介绍海盐文化馆顾希佳负责的《海盐民间故事》刊物，可以投稿。几天后，听一位同事讲"金缕衣"的故事，根据这个故事，我写了一篇文章，第一次投稿。一星期后，顾希佳老师回信说，故事题材很好，建议多搜集。从此，我开始搜集、撰写身边的传说故事。

故事是一个民族的文化符号。中国人历来擅长讲故事，你若有心，生活中处处有故事。朋友介绍，沈荡镇上有位独居老太吴小宝，很会讲故事。仲夏的一天晚上，我买了饼干、糖果等，当作伴手礼，来到沈荡镇喷湖中路吴小宝家，说明来意，吴婆婆很热心地接待了我。当时她大约八十岁，住在临街一楼的水阁。她讲述的《木匠不怕走夜路》《两个奇怪的乘船人》，是发生在吴越地区的神仙鬼怪故事，反映了当地的风土人情。

1993年，由于商场转制，我下海经商，停止文学写作。2001年退出商海，来到《海盐日报》广告部工作，开始走访昔日海盐文坛的朋友。有位文坛老师赠予我文学类、民俗类书籍，鼓励我多写作，说："一个文学爱好者，只有多写、多看、多学，才能出成果。只要写下去，总会有收获。"

2013年，我重新回归故事写作。2021年，把以前搜集整理、创作的民间传说、历史故事、民间故事、新故事等整理成作品集，准备出版。本书搜集整理六十四则故事，共分七个栏目——风物传说、人物传说、地名传说、风俗传说、历史故事、民间故事、新故事，一则则故事大多与海盐地区的人、事、物有关，从远古到近代再到现代。通俗易懂、传播广泛、生命力强，有的故事至今仍在流传。如《马嗥城之战》《冯夷桥》《半逻的来历》《六部大桥》等，蕴含一个地区特有的地名文化，并涉及历史、天文、地理、风俗、政治等。民间传说、民间故事，作为民间文学的代表，不仅养育了人民，还记录了历史，涵养了人们的文化自豪感。

海盐的文化以崧泽文化为源头，以吴越文化为主要特征，同时，吸纳中原人口南迁传入的楚文化，从而形成特有的江南水乡文化。海盐地处吴越，民间风俗上楚人敬畏鬼神，而越人信鬼神以求福。

中国有四大传统节日：春节、清明节、端午节、中秋节。风俗上，春节请神祭祖、清明踏青扫墓、端午祭神龙、中秋拜月。而对民间行善男女、有功名人，会进行歌功颂德建庙祭祀，如《白马庙传说》《钱塘江潮神》等故事所写。自汉时，佛教传入、道教兴起，阴曹地府、六道轮回、天堂地狱、因果报应等概念获得强势的地位，如《大蛇记》《孽蛇审冤》，反映了人们在善、恶之间的因果报应思想。本书中也有与干宝《搜神记》里的故事相似的故事，如《木匠不怕走夜路》与《搜神记·谢非除庙妖》，都讲人鬼之间斗智斗勇，正义战胜邪恶。《白龙君求雨》与《搜神记·风伯雨师》相似，人们祭拜白龙君、风伯雨师，白龙君、风伯雨师施展法术，风雨大作，为老百姓消除旱灾。《双梓墓》与《搜神记·韩凭妻》中的主人公皆为爱而死，死后各自化成鸳鸯、大雁，歌颂了古代劳动人民的坚贞爱情，以及追求美好生活的强烈愿望。俗语："在天愿作比翼鸟，在地愿为连理枝。"《柘湖女神》讲述了古海盐县城因为一次大地陷成湖后，城中的邢三姑沉入湖中，她成为柘湖女神的故事。这是古海盐县城第一次陷湖时形成的民间女神传说。民间故事中承载着历史，历史中蕴含着故事。这些民间文学传播传统文化，激发海盐千年文化活力。

民间传说、民间故事中最常见到"三"。如《小木匠和小龙女》中，第一个三：小龙女为小木匠第一次烧饭、第二次烧饭，第三次烧饭被小木匠发现。第二个三：财主抛出三个难题——造桥、建庙、种树。第三个三：县官抛出三个难题——鲫鱼、龙虾、无赖坯。难题都被小龙女一一破解。从民间传说的结构上说，这则故事的三个"三"构成了跌宕起伏、波浪式的发展轨迹，使故事丰富、饱满、有嚼头。民间传说、民间故事是历史的"活化石"，凝聚了向善、向真、向美的精神力量。

何承伟老师说："故事的演变汇集了人类集体智慧，只有流传下来，它的生命力才得以体现。"

故事是一门想象的艺术，也是智慧文化的传承。新故事，新奇巧趣、通俗易懂。如《换个儿子做老娘》，母亲、儿子、司机三人，在发生车祸前后心里各有盘算，家庭伦理观念中孝顺与忤逆产生对比，结局中碰撞出人性的火花。好的故事，能帮助我们更好地表达和沟通，可以触动心灵、启迪智慧。故事是写给老百姓看的，它关注民生、民声，弘扬真、善、美，鞭挞假、恶、丑。老百姓读了，宣泄了感情，丰富了生活，陶冶了情操，有助于推动社会的健康发展。

历史可阅读，文化有温度。海盐文脉悠长，是千年古县、江南水乡、滨海新城。历史上，海盐地区流传下来的民间神话、传说、故事、谚语、歌谣丰富多彩，熠熠生辉，涉及历史、地理、风俗、信仰、文化、艺术、民族、宗教等，是宝贵的历史文化遗产，在民间一代一代口耳相传。

民间文学为文学之母。近年来，随着纯文学的崛起，民间文学不断式微，这是值得我们关注的问题。而随着中国城镇化建设，村庄搬迁合并，古村落在不断消失，民间传说、故事、歌谣、风俗等也随之逐渐失传。文化是一条流淌不息的河流，我们有责任保护和传承好历史文化。今天，需要留住民间故事，留住一段历史，留住我们灿烂绚丽的民间文化。

本书在创作过程中，得到很多朋友、老师的支持和帮助，特别感恩丰国需老师热心指导并提出宝贵意见，还为本书绘制部分插图。

感谢海盐县委宣传部、县文联的大力支持！感谢郁林兴、朱樵、吴松良、胡永良等老师的热心指导！感谢书中所有故事的讲述者！感谢参与本书编审、校对、设计的老师！

韩李英

撰于海盐紫元尚郡寓所

2023 年 8 月 22 日